GROSSER, BÖSER GRUFF
DIE GROSSSTADT-LYKANER
BUCH ZWEI

EVE LANGLAIS

Copyright © 2023 Eve Langlais

Englischer Originaltitel: »Big, Bad Gruff (Big City Lycans Book 2)«
Deutsche Übersetzung: Noëlle-Sophie Niederberger für Daniela Mansfield Translations 2023

Alle Rechte vorbehalten. Dies ist ein Werk der Fiktion. Namen, Darsteller, Orte und Handlung entspringen entweder der Fantasie der Autorin oder werden fiktiv eingesetzt. Jegliche Ähnlichkeit mit tatsächlichen Vorkommnissen, Schauplätzen oder Personen, lebend oder verstorben, ist rein zufällig.
Dieses Buch darf ohne die ausdrückliche schriftliche Genehmigung der Autorin weder in seiner Gesamtheit noch in Auszügen auf keinerlei Art mithilfe elektronischer oder mechanischer Mittel vervielfältigt oder weitergegeben werden.

Titelbild entworfen von: Melony Paradise of
ParadiseCoverDesign.com © 2022
Herausgegeben von: Eve Langlais www.EveLanglais.com

eBook: ISBN: 978-1-77384-389-6
Taschenbuch: ISBN: 978-1-77384-390-2

Besuchen Sie Eve im Netz!
www.evelanglais.com

PROLOG

Vor vielen Jahren, als Billy noch ein Kind war ...

»Schlampe, ich werde dir etwas geben, worüber du jammern kannst!«

»Fick dich!«, war die geschriene Antwort.

Billy lag in seinem Bett und hörte zu, wie seine Eltern sich stritten. Schon wieder. Daran hätte er sich schon längst gewöhnt haben müssen. Schließlich stritten sie sich schon so lange, wie er zurückdenken konnte, meistens wegen dummer Sachen.

Heute Abend hatte Mom zum Beispiel Hackbraten gemacht, den niemand mochte, und doch gab es ihn mindestens einmal pro Woche, da er verdammt billig zuzubereiten war, wenn das Rinderhack im Angebot war – zumindest behauptete Mom das. Um ihn genießbar zu machen, brauchte man eine Menge Ketchup, laut seinem Vater eine ganze verdammte Tonne, aber als Billys Vater etwas davon auf den trocken aussehenden Hackbraten drücken wollte, bekam er lediglich ein furzendes Geräusch und einen kleinen Spritzer von dem roten Zeug.

Dad knallte es auf den Tisch und blaffte: »Hol mir eine neue Flasche.«

Woraufhin Mom erwiderte: »Ich habe keine. Ich gehe erst nächste Woche einkaufen.«

Kein Ketchup? Billy betrachtete seine Portion Fleisch und verzog innerlich das Gesicht. Auch Salz hatte seine Wirkungsgrenzen.

»Ich kann das verdammt noch mal nicht essen.« Dad schob den Teller von sich, den Kiefer missmutig angespannt.

»Sei kein verdammtes Baby. Ich habe ein paar Ketchup-Päckchen im Wagen. Billy, geh und hol sie.«

Billy flüchtete schnell zu dem verrosteten Fahrzeug, das vor ihrem Wohnwagen geparkt war. Klebeband hielt die hintere Beifahrertür geschlossen. Um die Stoßstange war ein Band gewickelt, um sie in Position zu halten. Als Mom das letzte Mal von der Polizei angehalten worden war, hatte man ihr gesagt, sie solle den Wagen verschrotten, aber sie behauptete: »Er gehört mir und ich fahre ihn, wenn ich will.« Sie ignorierte die in das Handschuhfach gestopften Strafzettel.

Billy durchwühlte das Fahrzeug, durchsuchte das Handschuhfach, die Konsole und sogar den Boden, um ein paar Ketchup-Päckchen zu finden. Er fand dreimal Essig, einen Haufen Salz, etwas Pfeffer und zwei Ketchup-Päckchen von zweifelhaftem Alter.

Er brachte sie rein und ließ sie auf den Tisch fallen. Dad schnappte sie sich, um sie auf das nun kalte Stück

Fleisch zu spritzen. Das rote Zeug reichte gerade mal für zwei Bissen.

Dad musterte es mit verzogenem Gesicht. »Das ist doch Schwachsinn. Wie soll ich diesen Müll essen?«

Billy hätte es auch lieber nicht getan, aber das hätte nur noch mehr Ärger verursacht. Stattdessen tat er so, als würde er essen, während er ein paar Brocken für ihren fetten Pitbull Buddy auf den Boden warf, der sie begierig verschlang. Was sagte es aus, dass es nur dem Hund schmeckte?

»So schlecht ist es nicht.« Mom schaufelte sich eine Gabel in den Mund und kaute mit offenem Mund, um es zu beweisen.

Es kam nicht gut an. Dad, der nach seinem langen Arbeitstag Hunger hatte, war sauer. »Werd bloß nicht frech zu mir, du faule Kuh. Ich gehe den ganzen Tag arbeiten und komme zu diesem Mist nach Hause.« Der Teller flog mit einem Krachen vom Tisch.

Mom stieß sich vom Tisch ab. »Du Arschloch. Glaubst du, ich habe Zeit, dir Gourmetgerichte zu kochen? Ich arbeite auch.«

»Als Kassiererin.« Dads Grinsen war höhnisch.

»Was härter ist, als Müll in einen Lkw zu schaufeln.«

»Wenigstens bringe ich einen guten Gehaltsscheck nach Hause«, konterte Dad, der aufstand und Mom anfunkelte.

Sie prustete. »Den du versäufst oder beim Pokern verspielst. Ich bin diejenige, die die meisten Rechnungen bezahlt und alle Mahlzeiten kocht.«

»Weil das die Aufgabe einer Frau ist.«

Das war der Punkt, an dem Billy begann, sich vorsichtig und leise von seinem Stuhl zu erheben, damit sie es nicht bemerkten und ihn in das bevorstehende Donnerwetter hineinziehen konnten.

Seine Eltern standen Nase an Nase.

»Du bist ein sexistisches Schwein!«, erwiderte Mom.

»Sagt die Frau, die selten staubsaugt.«

»Würde es dich verdammt noch mal umbringen, es ab und an zu machen? Ich mache hier alles.«

Und so ging es weiter ...

Billy versteckte sich in seinem Zimmer, was er oft tat, während seine Eltern sich stritten. Es war ein stundenlanges An- und Abschwellen von Geschrei. Krachen. Und dann der nervigste Teil: der Sex, wenn sie sich versöhnten. Er war laut und wild, weshalb sich keine Möglichkeit bot, die Geräusche auszublenden.

Genauso gab es keine Möglichkeit, dem Höllenloch seines Familienlebens zu entkommen. So sehr sich seine Eltern auch hassten, sie wollten sich einfach nicht scheiden lassen.

Der Kreislauf der Gewalt setzte sich fort, bis zu dem Tag, an dem sie beschlossen, sich zu streiten, während sie auf der Schnellstraße fuhren und Billy auf dem Rücksitz saß. Die Tatsache, dass er angeschnallt war, rettete ihm das Leben.

Seine Eltern hatten bei dem Unfall leider nicht dasselbe Glück.

Es hätte ein schreckliches Ereignis für einen

Jugendlichen sein können, plötzlich im Pflegesystem zu landen. Es stellte sich jedoch als Segen heraus. Bei seiner Pflegefamilie bekam Billy endlich drei anständige Mahlzeiten am Tag – leckere Mahlzeiten – plus Snacks. Keinen Hackbraten mehr. Kein Geschrei und keine Streitereien mehr. Er freundete sich sogar mit den Jungen an, die auf der großen Ranch in der Nähe lebten.

Nach seinem Abschluss wurde er Polizist – Detective, um genau zu sein –, was sich als großer Vorteil für sein Rudel herausstellte, als Billy gebissen und zum Werwolf wurde.

KAPITEL EINS

»Das ist so unfair«, murmelte Brandy, als eine weitere Internetsuche sie darüber enttäuschte, wie man zum Werwolf wurde. Warum konnten nur Jungs bei Vollmond haarig werden? Im Ernst, jeder, der Brandys Beine und Achselhöhlen während ihrer Erdbeerwoche gesehen hatte, hätte sie für irgendeine Art haarige Gestaltwandlerin gehalten. Aber nein, sie war einfach nur die gute alte Brandy Herman, eine Krankenschwester Mitte dreißig, deren einziger Ruhm darin bestand, dass sie das Alphabet rülpsen und einen guten Hackbraten zubereiten konnte.

»Wie viele Termine stehen heute noch an?«, fragte Maeve, die sich gegen ihren Tisch lehnte. Sie hustete leicht in ihre Hand. Es war nicht das erste Mal an diesem Tag. Brandys beste Freundin sah bereits seit dem Mittag nicht sonderlich gut aus.

Brandy schürzte die Lippen. »Keine mehr, weil du nach Hause gehst.«

»Ich kann nicht. Mrs. Johnson braucht ein neues Rezept.«

Brandy schob ihr das Formular zu. »Deshalb habe ich es bereits ausgedruckt, also unterschreib einfach hier.« Sie zeigte auf die Stelle. »Und nun, keine Ausreden mehr. Schwing deinen Hintern ins Bett. Du kannst nicht bei deiner eigenen Hochzeit krank sein.« Welche in weniger als einer Woche stattfand, und Brandy hatte noch immer keine Begleitung. Gut, dass bei der Feier ein paar Singles anwesend sein würden. Wenn sie nur die meisten von ihnen nicht schon in die Kumpelzone gesteckt hätte.

»Ich weiß nicht, was los ist. Es hat mich so plötzlich getroffen.« Maeve sackte in sich zusammen.

»Wahrscheinlich irgendeine neue Corona-Mutation. Ich werde die Termine morgen verschieben. Das zusammen mit dem Wochenende sollte dir Zeit geben, dich zu erholen.«

Maeve zögerte. »Ich will dich nicht allein lassen.« Marco, ihr Arzthelfer, war mit seinem Mann in den Urlaub gefahren.

»Ich bin vor dem Abendessen hier weg. Ich muss mich nur noch um ein paar Dinge kümmern. Ich komme schon klar.«

Maeve kaute auf ihrer Unterlippe. »Bist du sicher?«

»Geh, bevor ich Griffin anrufe.«

»Tu das nicht. Er wird versuchen, mich nach Hause zu tragen.«

Brandy grinste. »Versuchen? Wir wissen beide,

dass er dich in dem Moment, in dem er erfährt, dass du krank bist, bis zum Umfallen knuddeln wird.«

»Das wird er.« Maeve griff mit einem Lächeln nach ihrem Mantel.

Es war an der Zeit gewesen, dass sie einen Mann fand, der sie sowohl innerlich als auch äußerlich zum Schmelzen brachte. Wenn Brandy jetzt nur dasselbe Glück hätte. Zu ihrem Pech war der Typ, der sie zum Schmelzen brachte, weit, weit weg.

»Schick mir eine SMS, wenn du nach Hause kommst«, forderte Brandy.

Maeve wohnte nur ein paar Straßen weiter, aber seit sie beide vor ein paar Monaten von irgendwelchen Idioten entführt worden waren, die ein Familienerbstück haben wollten, waren sie ein wenig sicherheitsbewusster geworden. Es schien eine gute Idee zu sein, in Zukunft zu vermeiden, von Verrückten entführt zu werden.

»Ich werde dir eine SMS schreiben und fragen, ob Ulric vorbeikommen kann, damit du nicht allein bist.«

»Sei nicht albern. Ich komme schon zurecht. Er wird nur wieder meinen Schreibtisch mit seinen riesigen Füßen durcheinanderbringen.« Nachdem sie ihn kennengelernt hatte, hatte Brandy eine Zeit lang darüber nachgedacht, mit Ulric auszugehen. Er sorgte für die Sicherheit von Maeves Verlobtem Griffin, alias Bossalpha des Rudels und Besitzer eines Marihuana-Ladens.

Ich habe die coolsten Freunde.

Platonische Freunde obendrein. Ulric sah gut aus,

war ein Werwolf und auch nett. Das einzige Problem? Sie sah in ihm eher einen Bruder als einen Liebhaber.

»Schließ die Tür ab.«

»Mach ich, und du schreibst mir eine SMS, sobald du zur Tür reinkommst.«

»Ja, Mom«, versprach Maeve und rollte mit den Augen, bevor sie ging.

Brandy schloss ab und machte sich daran, die Termine zu verschieben. Nur eine Person beschwerte sich. Sie erwähnte den Satz »mögliche Coronavirus-Infektion«, und plötzlich brauchte Mr. Lambskin seinen Termin nicht mehr so dringend. Es war nicht so, als wäre er tatsächlich krank. Er hatte lediglich Freude daran, mindestens einmal im Monat vorbeizukommen und zu verlangen, dass Maeve Tests durchführte, da er sich eingeredet hatte, an einer neuen Krankheit zu leiden. Jemand musste ihm das Internet wegnehmen.

Es wurde ein Paket geliefert, für dessen Empfangsbestätigung eine Unterschrift nötig war. Sie verfrachtete den Karton in den Lagerraum. Auf dem Weg zurück zum Schreibtisch klingelte ihr Handy.

Ein paar E-Mails gingen ein, überwiegend Werbepost, um ihre neue Arztpraxis davon zu überzeugen, einige Produkte auszuprobieren. Des Weiteren Anfragen, wie man Patient werden konnte, und eine, die einfach nur unheimlich war, da ihr Inhalt nur aus *Wir sehen uns bald* bestand. Sofort blockieren und löschen. Damit hatte sie im letzten Monat etwa ein Dutzend Nachrichten erhalten, die von *Ich beobachte dich* bis hin zu *Wir gehören zusammen* reichten.

Beunruhigend, und doch hatte sie es Maeve nicht gesagt. Ihre beste Freundin hatte schon genug um die Ohren. Immerhin war sie mit einem Werwolf verlobt.

Was für ein Glückspilz.

Als Brandy ihre Handtasche und ihre Jacke packte und sich zum Gehen bereit machte, wurde die Tür geöffnet. Hatte sie sie nach der Lieferung des Pakets abgeschlossen? Offensichtlich nicht.

Sie wirbelte herum. »Wir haben geschlossen –« Ein Stoß ließ sie gegen den Empfangstresen stolpern, dann schlug sie wild um sich, als sie sich gegen die Hände wehrte, mit denen jemand nach ihr griff.

»Loslassen!«, kreischte sie und schaffte es, sich loszureißen. Sie wirbelte herum, um ihren Angreifer zu sehen.

Ein Gesicht, verhärmt und eingefallen, mit Augen, die vor Sucht leuchteten, starrte sie an. Der Mund roch ekelhaft, als er durch verfaulte Zähne fragte: »Wo ist es?«

Da sie jahrelang in der Notaufnahme gearbeitet hatte, wusste Brandy, was er wollte. »Wir bewahren hier keine Drogen auf.«

»Lügnerin. Das hier ist eine Arztpraxis. Wo ist es? Ich brauche etwas.« Er stürzte sich auf sie.

Brandy hielt sich für einigermaßen fit und hatte einen Selbstverteidigungskurs besucht. Das half jedoch nicht sonderlich viel gegen jemanden, der verzweifelt auf eine Dröhnung aus war, übermäßige

Kraft sowie einen Mangel an Einfühlungsvermögen aufwies. Sie schlug auf seine Hände ein, während sie sich duckte und auswich, gefangen am Empfangstresen. Sie musste verhindern, dass er sie zu fassen bekam.

Er bewegte sich schnell und schaffte es, ihren Hals mit einer Hand zu packen. Bevor sie sich losreißen konnte, drückte er mit der zweiten Hand zu. Sie griff nach ihm und schnappte nach Luft, die Augen weit aufgerissen.

Ich werde sterben.

Er schubste sie nach hinten, beugte sie über den Tisch und drückte gegen sie.

Panik ergriff sie, als sie an ihm kratzte.

Seine Spucke flog, als er röchelte: »Gib es her. Gib es her.«

Sie konnte nicht einmal etwas erwidern, aber selbst wenn sie es gekonnt hätte, hatte sie nichts zu geben.

Er schlug ihren Kopf gegen den Tresen.

Sie sah Sterne. *Bumm.*

»Gib. Es. Her!«

Er wollte es? Dann sollte er es haben. Sie winkelte ein Knie an und zog es ruckartig nach oben.

Der Treffer hätte die meisten Männer zu Boden befördert, aber der Süchtige stieß nur ein fauliges Keuchen aus. Sie musste fast kotzen und duckte sich, um ihm auszuweichen, als sie den Tacker neben den Ausdrucken sah, die sie abgeheftet hatte.

Sie schnappte ihn sich und holte aus. Sie verfehlte,

aber die Art und Weise, wie der Kerl schwankte, ermöglichte es ihr, hinauszuschlüpfen und etwas Abstand zu gewinnen, sodass sie eine Waffe suchen konnte. Das Einzige, was sie tatsächlich greifen und schwingen konnte? Ihr Computermonitor.

Der Typ taumelte und schüttelte den Kopf. Er war zu sehr zugedröhnt, um zu merken, dass er in Schwierigkeiten stecken könnte. »Schlampe. Gib mir das Zeug.«

»Ich sagte, hier ist nichts.« Sie ergänzte ihre Aussage mit einem weiteren Schwung des Monitors, wobei sie beim Aufprall den Halt verlor. Es reichte jedoch aus.

Der gewalttätige Junkie sank zu Boden, während sie über ihm stand und ihn anfunkelte. »Nein heißt nein.«

Erst als sie das Schimmern eines Messers in seiner Tasche sah, wurde es ihr klar. Sie hatte Glück gehabt. Er hätte sie auch aufschlitzen und niederstechen können, anstatt zu versuchen, ihr den Schädel einzuschlagen.

Die Finger an ihre pochende Schläfe gedrückt, schluckte sie mit schmerzendem Hals. Sie stellte den kaputten Monitor zurück auf den Tisch, dann nahm sie ihr Handy. Sie wählte zweimal die eins und zögerte dann, den Finger über der zwei.

Wenn sie den Notruf wählte, würde das die Polizei und Fragen mit sich bringen, vermutlich mehrere Stunden davon, zusammen mit Papierkram, wo sie sich doch mit ihrem neuen Kätzchen auf der Couch zusammenkuscheln und Reste von chinesischem Essen genießen könnte, während sie *Warrior Nun* auf Netflix schaute. Ganz zu schweigen davon, dass es eine Menge Ärger umsonst wäre. Die Polizei neigte dazu, bei den Fällen, die sie für Bagatellen hielt, Fangen und Freilassen zu spielen. Die Tatsache, dass sie sich gegen den Angriff gewehrt hatte, sprach gegen sie. Je mehr sie darüber nachdachte, desto weniger wollte sie mit der Polizei zu tun haben. Das Problem war, dass sie den bewusstlosen Möchtegern-Räuber nicht einfach auf dem Boden der Praxis liegen lassen oder ihn auf die Straße werfen konnte.

Wenn sie Maeve anrief, würde sie zurückkommen, ob krank oder nicht. Eigentlich würde so ziemlich jeder ihrer Bekannten, die beim Bewegen einer Leiche nicht mit der Wimper zuckten, die Informationen mit hoher Wahrscheinlichkeit an Maeve weitergeben. Petzen.

Somit blieb ihr nur eine Möglichkeit. Wenn er an sein Telefon ging. Was er nicht tat. Also schickte Brandy eine SMS. *Im Büro angegriffen. Brauche Hilfe.*

Innerhalb von Sekunden kam eine Antwort. *Bin unterwegs.*

Für den Fall, dass der Drogensüchtige aufwachte, bevor die Kavallerie eintraf, schnappte sie sich etwas medizinisches Klebeband und kümmerte sich um seine Handgelenke, daraufhin zur Sicherheit auch um seine Knöchel.

Dann setzte sie sich hin und wartete auf den sexy und ach so distanzierten Detective Billy Gruff. Und ja, sie hatte innerlich auf seine Kosten gekichert, als sie seinen Namen zum ersten Mal hörte. Wer tat seinem Kind so etwas an?

Dieser Spott kam ihr nie über die Lippen, vor allem weil sie zu sehr damit beschäftigt war, mit dem attraktiven Mann in dem schlecht sitzenden Jackett zu flirten. Sie hatten sich kennengelernt, nachdem Griffin Lanark, Maeves Verlobter, mit Schusswunden in der Notaufnahme gelandet war. Damals waren sie natürlich noch nicht verlobt gewesen. Eine Liebesgeschichte zwischen Patient und seiner Ärztin.

Als ein gut aussehender Detective vorbeikam, um Fragen zu stellen, hatte Brandy mit den Wimpern geklimpert und ihr Interesse deutlich gemacht.

Detective Gruff ignorierte ihr Flirten und tat völlig desinteressiert, obwohl er ihr seine Handynummer auf der Rückseite einer Karte gegeben hatte, falls sie ihn jemals kontaktieren musste. Während einiger Nächte war sie fast versucht gewesen, ihm schmutzige SMS zu schreiben, um zu sehen, ob er mitspielen würde.

Stattdessen bat sie ihn um Hilfe, als ein paar Schläger Maeve und sie entführten, um ein Familien-Kochbuch zu stehlen, das ein Vermögen wert war. Er kam mit ein paar Freunden zur Rettung und so fand sie heraus, dass der sexy Billy Gruff kein Ziegenbock, sondern ein Lykaner war. Im Sinne eines pelzigen, vierbeinigen Werwolfs. Was ihn nur noch attraktiver machte. Schade, dass es nicht auf Gegenseitigkeit beruhte.

Brandy kannte den Kerl seit ein paar Monaten –

nicht dass sie ihn oft sah, denn selbst sie zog die Grenze dabei, ein Verbrechen zu begehen, um allein mit ihm in einem Verhörraum zu landen. Aber jetzt hatte sie einen legitimen Grund, um Hilfe zu bitten. Während sie den Körper auf dem Boden im Auge behielt, kramte sie in ihrer Handtasche, frischte ihren Lipgloss auf und bürstete ihr Haar. Außerdem steckte sie sich ein Stück Kaugummi in den Mund. Hatten Werwölfe nicht einen super Geruchssinn?

Schneller als erwartet klopfte es an der Tür, die sie dummerweise vergessen hatte abzuschließen. Schon wieder. Gut, dass niemand hereingekommen war. Der Typ, den sie vorsichtshalber mit medizinischem Klebeband gefesselt hatte, wäre vielleicht schwer zu erklären gewesen.

Brandy ging auf die Tür zu, öffnete sie und sah sich einem gestressten Detective gegenüber. Er musterte sie von oben bis unten. »Geht es dir gut?«

Fast hätte sie gesagt: »Jetzt, da du hier bist, schon«, aber sie wollte seine Hilfe und nicht, dass er die Flucht ergriff.

»Mir geht's gut. Komm rein, schnell.« Sobald er eingetreten war, schloss sie die Tür ab. Keine weiteren Überraschungen.

Der Detective funkelte den gefesselten Junkie an. »Ich weiß nicht, warum du eine SMS geschickt hast.« Er wedelte mit einer Hand. »Sieht aus, als hättest du die Sache schon im Griff.«

»Ich brauche Hilfe, um ihn loszuwerden.«

»Wähl den Notruf.«

»Oh bitte, stundenlanger Papierkram, damit er am Morgen freigelassen wird? Du bist Teil des Wolfsrudels in Ottawa. Solltest du nicht etwas gegen ihn unternehmen?«

Er presste die Lippen aufeinander. »Er ist süchtig. Er braucht einen Entzug.«

»Er ist ein Krimineller ohne Moral, der versucht hat, mich zu würgen und mir den Schädel einzuschlagen, um an Drogen zu kommen, obwohl ich ihm gesagt habe, dass wir keine haben.« Brandy schnaubte, verärgert über sein offensichtliches Abtun der Gefahr.

Schließlich sah der Detective sie an und ließ den Blick auf ihrem Hals verweilen, der fast genauso heftig pochte wie ihr Kopf. Morgen hätte sie ein paar schöne Blutergüsse.

Billy spannte den Kiefer an. »Du hast doch gesagt, du wärst in Ordnung.«

»Bin ich auch. Größtenteils. Nichts, was ein paar Aspirin nicht beheben könnten.«

»Er hat dich verletzt.« Eine grimmige Feststellung.

Sie zuckte mit den Schultern. »Ja, aber die gute Nachricht ist, dass ich weder blute noch sterbe.«

Der Mann gab einen leisen Laut von sich und Billy wandte sich von ihr ab, um den Körper auf dem Boden zu betrachten. »Ich kümmere mich darum. Geh nach Hause.«

»Was –«

»Geh. Nach. Hause.«

»Aber ich kann dir helfen.«

Er kniff die Augen zusammen. »Sofort, Brandy.« Trotz seiner offensichtlichen Verärgerung wollte sie die dunkle Haarsträhne, die ihm in die Stirn gefallen war, zurückstreichen. Vermutlich nicht der richtige Zeitpunkt. Er würde ihr vielleicht die Hand abbeißen.

»Ich wollte dir nur helfen. Kein Grund, bissig zu sein«, brummte sie, zog ihren Mantel an und griff nach ihrer Handtasche.

»Wo ist dein Wagen?«, fragte er.

»Ich habe zurzeit keinen.« Der blöde Motor ihres letzten Wagens war kaputt gegangen, und bisher hatte sie mit dem Kauf eines neuen gezögert, da sie nun zu Fuß zur Arbeit gehen konnte.

Er runzelte die Stirn. »Wie kommst du nach Hause?«

»Auf meinen beiden Füßen. Dadurch bleibt mein Hintern so prall.« Sie schenkte ihm ein freches Zwinkern, woraufhin er die Nasenflügel aufblähte.

»Ich fahre dich.«

»Nicht nötig.« Sie warf den Kopf zurück. »Es ist nicht weit.«

»Steig in meinen Wagen, Brandy.«

»Was ist mit ...« Sie deutete auf den Drogensüchtigen.

»Ich fahre dich, und damit basta. Ich habe vor dem Haus geparkt.« Er reichte ihr einen Schlüsselbund. »Mach den Kofferraum auf, wenn du einsteigst.«

»Willst du ihn ernsthaft in deinen Kofferraum werfen?«

»Wie soll ich ihn denn sonst loswerden?«

»Wir können ihn nicht vorn rausbringen. Es ist noch nicht richtig dunkel. Die Leute werden es bemerken. Ich werde deinen Wagen um das Gebäude fahren. Wir treffen uns am hinteren Ausgang.«

Seine Lippen wurden schmal. »Wir gehen beide.«

Sie legte ihm eine Hand auf den Arm. »Sei nicht dumm. Ich werde in dreißig Sekunden außer Sichtweite sein.«

»Hmmph.« Seine gegrunzte Antwort. Er begleitete sie zur Tür und beobachtete dann im Türrahmen, wie sie sich hinter das Steuer setzte. Als sie den Rand des Gebäudes erreicht hatte und die Gasse hinunter zur Ladetür auf der Rückseite rollte, wartete er bereits auf sie.

Er beugte sich hinunter, woraufhin sie das Fenster einen Spalt herunterfuhr. »Hey, Hübscher, soll ich dich mitnehmen?«, neckte sie ihn.

Ohne auch nur den Anflug eines Lächelns brummte er: »Mach den Kofferraum auf.«

Es dauerte eine Sekunde, den Knopf zu finden. Sie drückte ihn und stieg dann aus dem Wagen aus, wobei sie ihr Bestes tat, alle Kameras in der Gasse in Augenschein zu nehmen. Sie wusste nur von der über der Tür, dass Griffins Techniker Zugriff darauf hatte.

Billy kam mit einem prall gefüllten Stoffsack heraus, den er in den Kofferraum hievte. Gefolgt von einem weiteren, was ihr ein Stirnrunzeln entlockte. Dann fragte er deutlich: »Ist das die ganze Wäsche?«

Sie begriff schnell. »Ja, danke, dass du mir zur

Hand gegangen bist. Ich Dummkopf habe vergessen, einen Abholtermin zu vereinbaren.«

Er schloss die Tür der Praxis und vergewisserte sich, dass sie verriegelt war, bevor er sich hinter das Steuer setzte. Sie war bereits auf die Beifahrerseite gerutscht. Um ehrlich zu sein, fühlte sie sich nicht besonders gut. Ihr Kopf und ihre Kehle pochten, als das Adrenalin der Panik nachließ und sie fröstelte.

»Ist dir kalt?«, fragte er, als könnte er ihr Zittern spüren.

Bevor sie antworten konnte, hatte er die Sitzheizung eingeschaltet und das Gebläse im Innenraum aufgedreht.

Er fuhr aus der Gasse und bog rechts ab, ohne zu fragen. Sie musste ihm nicht sagen, wo sie wohnte. Scheinbar wusste der Detective es bereits. Er könnte sie stalken, aber höchstwahrscheinlich war es nur ein Teil seiner Pflicht dabei, Sicherheit für Griffin und das Rudel zu gewährleisten.

»Du bist zu leise«, bemerkte er. »Ist dein Hals eng? Kannst du atmen?«

»Mir geht's gut.« Ihre Stimme kratzte kaum. Und um zu beweisen, dass sie in Ordnung war, fügte sie hinzu: »Du kannst mir gern Mund-zu-Mund-Beatmung geben, wenn du dir Sorgen machst.«

Das plötzliche Quietschen der Bremsen rüttelte Brandy auf, als er vor dem umgebauten Haus anhielt, in dem sie den ersten Stock als neue Bleibe ergattert hatte.

Er trommelte mit den Fingern auf das Lenkrad. »Schließ die Tür ab, wenn du drinnen bist.«

»Ja, Sir.« Sie salutierte frech. »Danke, dass du mir zur Rettung geeilt bist.«

»Nächstes Mal rufst du die Polizei.« Seine knappe Antwort.

Ihr Lächeln offenbarte ihre Grübchen. »Das habe ich getan. Ich habe dich angerufen.«

Er starrte sie an.

»Nochmals danke, Detective Gruff.«

»Nenn mich Billy.« Er schien es genauso schnell zu bereuen, wie er es gesagt hatte, da sein Blick sich verfinsterte.

»Danke, Billy.« Sie drückte gegen die Beifahrertür, um sie zu öffnen, und bevor sie aussteigen konnte, stand Billy da, eine Hand ausgestreckt. Verdammt schnell. Er zog sie auf die Beine und ließ sie nicht gleich wieder los.

Sie blickte zu ihm auf. »Danke noch mal. Ich weiß nicht, wann mir das letzte Mal ein Gentleman aus dem Wagen geholfen hat.« Diese Art von Manieren der alten Schule war im letzten Jahrzehnt verschwunden. Gut, denn es zeigte, dass Frauen gleichberechtigter behandelt wurden. Schade, denn diese kleinen Gesten hatten auch etwas für sich.

»Erster Stock, richtig?«, fragte er mit Blick auf die Treppe.

»Ja.« Sie ging auf die Stufen zu und war nicht gänzlich überrascht, dass er ihr dicht auf den Fersen war.

Auf dem kleinen Balkon vor ihrer Tür war kaum Platz für sie beide. Sie zog ihren Schlüssel aus der Handtasche, aber ihre Hand zitterte. Nicht wegen des Angriffs. Billy in ihrer Nähe zu haben machte seltsame Dinge mit ihr. Er schloss die Tür auf und öffnete sie, bevor er ihr den Schlüssel zurückgab.

»Bist du sicher, dass es dir gut geht?«, fragte er. »Vielleicht sollten wir Maeve anrufen, damit sie dich untersucht.«

Sie schnaubte. »Du weißt schon, dass ich in der Lage bin, mich selbst zu diagnostizieren? Ich habe keine Gehirnerschütterung.«

»Da kannst du dir nicht sicher sein«, antwortete er.

»Keine Übelkeit. Kein Doppelsehen. Keine Verwirrung. Und auch sonst keine anderen Symptome als Kopfschmerzen.«

»Willst du, dass ich hierbleibe?«, bot er an.

Sie wollte wirklich, wirklich Ja sagen ... »Wahrscheinlich ist das keine gute Idee, wenn man bedenkt, was in deinem Kofferraum ist.«

Billy blickte nach unten, seine Lippen wurden schmaler. »Dann werde ich wohl gehen.«

Als er den ersten Schritt machte, platzte sie heraus: »Hey, ich nehme nicht an, dass du meine Begleitung zur Hochzeit sein willst?«

Seine Augenbrauen schossen in die Höhe. »Was?«

»Du weißt schon, die Hochzeit von Maeve und Griffin. Ich darf einen Gast mitbringen.«

»Und? Es ist nicht so, als wäre ich nicht eingeladen. Angesichts meines Jobs sollte ich keinen Umgang mit ihnen haben.« Ein Detective sollte nicht mit dem Besitzer eines Marihuana-Ladens abhängen, ungeachtet der Tatsache, dass Griffin ihn legal führte.

»Aber weißt du, wenn du als meine Begleitung mitkommst, ist es glaubhafte Abstreitbarkeit«, konterte sie.

»Das ist eine schlechte Idee«, antwortete er, bevor er die restlichen Stufen hinunterlief und in seinen Wagen sprang. Er hinterließ praktisch schwarze Gummispuren auf dem Asphalt, so schnell fuhr er davon.

Wann werde ich endlich akzeptieren, dass er einfach kein Interesse hat?

Aber für einen Kerl, der sich angeblich nicht um sie scherte, war er zweimal herbeigeeilt, als sie um Hilfe gerufen hatte. Anderseits war er Polizist. Vermutlich der heldenhafte Typ, der jeden in Not retten würde.

Als Brandy ihre Wohnung betrat, fragte sie sich, was er mit dem Kerl im Kofferraum machen würde. Sie beschloss, dass es wahrscheinlich am besten war, es nicht zu wissen, damit sie nicht gegen ihn aussagen konnte, falls etwas geschah.

In Anbetracht des beschissenen Tages, den sie hinter sich hatte, fand sie Trost in ihrem neuen Kätzchen und dem Becher mit Schokoladen-Brownie-Eiscreme.

Was sollte es schon, wenn Billy sie nicht attraktiv fand. Viele Männer taten es.

»Leck mich, Detective Gruff«, murmelte sie, den Mund voller kalter, zuckerhaltiger Köstlichkeit.

Sie leckte ihn. Zumindest, wenn Träume zählten. So wie sie es seit ihrem Kennenlernen fast jede Nacht getan hatte.

KAPITEL ZWEI

AN EINER ROTEN AMPEL, NUR EINEN BLOCK VON BRANDYS Wohnung entfernt, schlug Billy auf das Lenkrad. Einmal. Zweimal. Scheiß drauf, ein drittes Mal aus Frust.

Verflucht sei Brandy dafür, ihn in ihre Anwesenheit gezerrt zu haben. Seit sie sich kennengelernt hatten, hatte er sein Bestes getan, um ihr aus dem Weg zu gehen. Um nicht von der selbstbewussten Krankenschwester mit den süßen Kurven zu träumen, auch wenn ihn seine eigenen Träume verrieten und ihn klebrig aufwachen ließen.

Er war fest entschlossen gewesen, sich nicht auf sie einzulassen, da er keine festen Beziehungen einging und sehen konnte, dass sie der Typ war, der sesshaft werden wollte.

Auf keinen Fall. Ausgeschlossen. Nicht Billy Gruff. Für ihn galt: aus den Augen, aus dem Sinn. Nur schien es nicht zu funktionieren.

Was sagte es über ihn aus, dass sie ihn um Hilfe rief und er alles stehen und liegen ließ, um ihr zur Rettung zu eilen? Nur um bei seiner Ankunft festzustellen, dass sie alles unter Kontrolle hatte.

Er war hin- und hergerissen gewesen zwischen Stolz und Wut darüber, dass sie mit dem Junkie allein fertiggeworden war. Brandy war keine dahinwelkende Jungfrau in Nöten. Sie hatte den Mut, für sich selbst einzustehen. Aber es machte ihn wütend, dass sie sich hatte verteidigen müssen.

Als er herausfand, dass der Wichser es gewagt hatte, ihr wehzutun … wäre sie nicht dabei gewesen, hätte Billy vielleicht die berühmte kühle Gelassenheit verloren, für die er bekannt war. Er hätte vielleicht das Undenkbare getan, wenn man bedachte, wie sehr er von einem Gefühl durchströmt worden war, das er für gewöhnlich nur bei Vollmond erlebte.

Die Schuld lag bei Brandy. Irgendetwas an ihr brachte ihn völlig durcheinander. Wenn sie in der Nähe war, konnte er nicht klar denken. Es fühlte sich an, als würde sein eigener Körper ihn verraten, so wie er auf ihren Duft reagierte.

Und sie war verletzt worden.

Es kostete ihn alles, nicht in den Wald zu fahren und loszulassen. Stattdessen blieb er in der Stadt und steuerte ein Viertel an, in dem niemand etwas verriet, schon gar nicht an die Polizei.

Er parkte in einer Gasse mit übel riechenden Müllcontainern. Zurzeit waren dort keine Obdachlosen, da der letzte Bewohner, ein Kerl mit dem Spitznamen

Graubart, gestorben war. Leberversagen nach einem Leben voller Trunkenheit. Billy zog sich ein paar Handschuhe an, bevor er aus dem Wagen stieg und den Kofferraum öffnete. In dem Moment, in dem er es tat, sah Billy sich dem Drogensüchtigen gegenüber, dessen Augen blutunterlaufen waren und der den Mund zum Schreien öffnete.

Billy packte ihn am Hemd, zerrte ihn aus dem Kofferraum und knurrte: »Schrei ruhig. Es kümmert niemanden.«

»Wer bist du? Was willst du, du Perverser?«, fragte der Junkie, als Billy ihn auf die Füße stellte. Der Süchtige hatte bereits das Klebeband von seinen Hand- und Fußgelenken entfernt.

»Ich will, dass du gute Menschen in Ruhe lässt.«

»Ich bin ein guter Mensch«, beharrte der Mistkerl.

»Du hast eine liebe Freundin von mir gewürgt.«

»Redest du von dieser heißen Braut?« Der Mann leckte sich über die Lippen. »Sie ist temperamentvoll. Das merke ich mir fürs nächste Mal.«

»Es wird kein nächstes Mal geben«, warnte Billy. So viel dazu, den Wichser einfach gehen zu lassen. Brandy hatte recht. Selbst wenn er verhaftet würde, wäre er innerhalb von ein, höchstens zwei Tagen wieder draußen und würde wieder Leute belästigen. Wehrlose Frauen verletzen.

Brandy verletzen.

Billy ignorierte den Mann, um nach etwas zu greifen, das er unter dem Fahrersitz seines Wagens verstaut hatte. Er legte den Notfallkoffer auf die Motorhaube.

Der Drogensüchtige schwankte, und dann, da er offensichtlich zu viele Gehirnzellen gebraten hatte, prahlte er: »Oh scheiße ja, es wird ein nächstes Mal geben. Ich weiß, wo sie arbeitet, Arschloch. Ich bringe Freunde mit, und wir werden uns amüsieren.«

Billy holte eine Spritze und eine Flasche aus dem Koffer.

»Was hast du da?« Der Junkie sabberte praktisch.

»Etwas, das dir einen Rausch beschert, wie du ihn dir nie hättest vorstellen können.« Billy hielt die Sachen in seinen behandschuhten Händen. Sie waren bereits von Abdrücken befreit, da sie Teil seines Notfallvorrats waren.

»Gib her!« Der Kerl stürzte sich auf ihn und Billy wich ihm aus.

»In einer Sekunde. Zuerst musst du mir versprechen, nichts weiterzugeben.«

»Als ob.« Der Kerl prustete, während er gierig die Hände ausstreckte. »Gib her.« Die Augen des Süchtigen leuchteten verrückt, als er für seinen nächsten Schuss allem zustimmte.

Billy reichte es ihm. Er sah nicht zu, wie der Drogensüchtige etwas aus der Ampulle nahm und sich ohne Vorwarnung in den Arm pikste. Sofort entspannte sich der Körper des Mannes. Er sackte zu Boden, die Nadel noch immer in seinem Fleisch und mit einem dämlichen Grinsen im Gesicht.

Billy schloss den Kofferraum und verstaute seine

Notfallausrüstung, in der er das Insulin, das er gerade abgegeben hatte, würde ersetzen müssen.

Der Junkie beschwerte sich, als er die Nadel zog: »Das Zeug ist scheiße. Ich spüre kaum einen Rausch.«

»Dann nimm mehr«, ermutigte Billy ihn.

Als er ging, stach der Typ sich erneut. Angesichts der vollen Ampulle konnte er sich noch ein paar Spritzen verabreichen – nicht, dass viele nötig wären. Wenn sich jemand Insulin spritzte, der es nicht brauchte, war es für gewöhnlich tödlich.

Es gab Leute, die über seine Gefühllosigkeit entsetzt gewesen wären. Seiner Meinung nach bekamen diejenigen, die bereit waren, andere zu verletzen, um ihren Rausch zu erlangen, kein Mitleid von ihm. Nicht, wenn Brandys Sicherheit auf dem Spiel stand.

Gedanken an sie führten dazu, dass er sie sich vorstellte. Wie sich ihre Lippen immer vor Freude zu verziehen schienen. Die Lachfalten, die sie beim Lächeln bekam. Wie sie roch. Wie sie fast getötet worden war.

Wieder einmal machte er sich Sorgen, dass sie eine Gehirnerschütterung haben könnte. Sicher, sie hatte behauptet, es ginge ihr gut, was der einzige Grund war, dass er sie nach Hause und nicht ins Krankenhaus gebracht hatte. Dennoch war es möglich, dass sie ihren eigenen Zustand nicht korrekt einschätzte.

Es wäre klüger gewesen, Griffin anzurufen und ihn zu bitten, jemanden zu schicken, der sich vergewisserte, dass es Brandy gut ging. Stattdessen stand Billy vor ihrem Haus und betrachtete die Fenster ihrer Wohnung. Eines blieb hell.

Sein Unbehagen war vermutlich deplatziert. Er sollte nach Hause gehen. Es wurde langsam spät und er hatte noch nichts gegessen. Er stieg aus dem Wagen und ging zur Tür ihres Gebäudes, lief die Treppe hinauf und hielt draußen inne, um zu lauschen. Er drückte sein Ohr nicht dagegen. Auch klopfte er nicht. Er verfluchte sich innerlich dafür, so schwach zu sein, und drehte sich um. Ein Fuß schwebte über der Stufe, um zu gehen.

Geh nach Hause.

Was, wenn sie in Not ist und niemand weiß es?

Er wirbelte herum und klopfte, bevor er es sich anders überlegen konnte.

Klopf, klopf.

Keine Antwort.

Vielleicht war sie im Badezimmer.

Oder lag mit einer Gehirnblutung auf dem Boden.

Die Tür einzutreten erschien ihm ein wenig drastisch, doch als er den Knauf drehte, war sie verschlossen. Er warf einen Blick darauf und griff dann für seine Werkzeuge in die Tasche. Ein Polizist sollte so etwas nicht mit sich herumtragen. Andererseits waren die meisten Polizisten auch keine Werwölfe, die von ihrem Rudelalpha den Auftrag hatten, Lykaner vor der Entdeckung zu bewahren.

Klick. Klick. Es dauerte nicht lange, um die Zuhaltungen des billigen Schlosses zu drehen – wobei er sich die geistige Notiz machte, es austauschen zu lassen. Eine schöne Frau wie Brandy sollte etwas Sichereres haben. Man musste sich nur ansehen, wie leicht er die Tür öffnete und eintrat.

Bumm. Die Bratpfanne kam aus dem Nichts.

Billy ging zwar nicht zu Boden, aber er fluchte. »Was zum Teufel?«

»Billy?« Brandy blinzelte ihn an. Sie sah kuschelig weich aus in einer Art Sherpa-Schlafanzug, ihr Haar war feucht und lockig und nach ihrer Dusche roch sie süßlich. »Was machst du hier?«

»Ich wollte nach dir sehen. Du weißt schon, falls du eine Gehirnerschütterung hast oder so.«

»Brichst du immer in Häuser ein, wenn du nach dem Rechten siehst?«

»Warum hast du nicht reagiert, als ich geklopft habe?«

»Weil ich in der Küche war und mir einen Snack gemacht habe. Popcorn, falls es dich interessiert. Als ich herauskam, hörte ich, wie jemand am Schloss herumhantierte, also habe ich nach der nächstgelegenen Waffe gegriffen.« Sie wackelte mit der Pfanne.

»Nächstes Mal nimmst du ein Messer. Oder besser noch, besorg dir einen Baseballschläger. Den kannst du besser nutzen und bleibst trotzdem außer Reichweite.«

»Ich glaube, so wie mein Tag verläuft, brauche ich einen Leibwächter. Einen, der bei mir wohnt. Willst du dich bewerben?« Sie verzog die Lippen zu einer Einladung.

Fast hätte er Ja gesagt. »So etwas Drastisches ist nicht nötig. Der Junkie wird nicht zurückkommen.«

»Gut. Ich wusste, dass es richtig war, dich anzurufen. Popcorn?« Sie wirbelte von ihm weg, anstatt Fragen zu stellen, die er lieber vermieden hätte.

»Nein. Ich sollte gehen.«

»Willst du nicht in der Nähe bleiben, du weißt schon, falls ich tatsächlich eine Gehirnerschütterung habe?«

Obwohl er das befürchtete, argumentierte er: »Dir scheint es gut zu gehen.«

»Für den Moment. Aber wer weiß, vielleicht blutet mein Gehirn. Vielleicht solltest du eine Weile bleiben. Du weißt schon. Mich wach halten. Oder wenn ich einschlafe, mich alle paar Stunden stoßen. Ich liebe es, gut gestoßen zu werden.« Sie zwinkerte, dann blickte sie nach unten.

Er räusperte sich und bemühte sich, seinen Körper nicht reagieren zu lassen. »Wenn du dir Sorgen machst, kann ich dich am Krankenhaus absetzen.«

»Das hört sich nicht nach Spaß an«, meinte sie über ihre Schulter. »Mir wäre es lieber, du wärst meine Krankenschwester.« Sie verschwand in der Küche und er hörte, wie die Tür der Mikrowelle geöffnet und wieder geschlossen wurde, gefolgt vom Rascheln des Popcorns, das in eine Schüssel gefüllt wurde.

Er musterte die Tür. Fliehen. Wahrscheinlich war es das Klügste, was er tun konnte.

Sie kam mit einer riesigen Schüssel Popcorn heraus, wobei sie hinreißend kuschelig aussah, und er musste nicht tief einatmen, um festzustellen, dass sie Butter darauf geträufelt hatte.

»Willst du dir etwas ansehen?«, fragte sie.

Nein. Die richtige Antwort war nein. Warum also setzte er sich hin?

Auf der Couch hätten locker drei Personen Platz gehabt, doch anstatt sich gegenüber der Ecke zu setzen, die er sich ausgesucht hatte, setzte sie sich direkt neben ihn und wagte es dann, ihm die Schüssel in den Schoß zu stellen.

Er starrte sie an, als sie sagte: »Jetzt können wir teilen.«

War ihr überhaupt klar, was sie ihm jedes Mal antat, wenn sie ihre Hand in die Schüssel steckte, die sich auf einem Schritt samt Erektion befand? Zum Glück wurde diese zurückgehalten, sonst hätte sie das Popcorn umgeworfen.

Er saß kerzengerade mit leerem Blick da. Er hätte nicht sagen können, was auf dem Bildschirm lief.

Eine völlig unbeeindruckte Brandy plapperte neben ihm. »Also, das Mädchen da, sie wurde von den Nonnen aufgenommen, nur ist sie keine Nonne, aber sie hat eine Kraft, die die Dämonen wollen, und –«

Er atmete tief durch. Popcorn. Butter. Brandy. Brandys Erregung.

Oh, scheiße.

Er hatte gewusst, dass sie sich zu ihm hingezogen fühlte – schließlich beruhte das Gefühl auf Gegenseitigkeit –, aber er hatte sein Bestes getan, etwas anderes vorzutäuschen. Sein Bestes, es zu ignorieren.

Gerade als er aufstehen und sich entschuldigen wollte, um zu gehen, hörte er ein leises Jaulen, dann kam ein Fellknäuel von der Größe seiner Faust aus dem Nichts und landete auf seinem Kopf.

»Froufrou!«, quietschte Brandy, als Billy von der Couch sprang. Die Katze klammerte sich mit ihren kleinen scharfen Krallen an seinen Kopf, während sie an seiner Kopfhaut nagte. Die Popcornschüssel flog beinahe zu Boden, wurde jedoch durch Brandys schnelle Reflexe gerettet.

»Nimm sie weg!«, knurrte er. Vermutlich nicht der richtige Tonfall bei einer Katze, die darauf reagierte, einen Wolf in ihrem Zuhause zu haben.

Anstatt ihn zu retten, lachte Brandy mit funkelnden Augen und weit aufgerissenem Mund. »Detective Gruff, hat dir schon mal jemand gesagt, wie gut du mit einer Muschi aussiehst?«

Billy wurde nicht rot. Niemals. Das sollte jemand der Hitze erzählen, die ihm in die Wangen stieg.

Er griff nach der Höllenkatze und reichte sie Brandy. »Ich muss los.«

Er floh, bevor er etwas Dummes tat, wie Brandy zu verführen. Aber es gab kein Entkommen, wenn sie ihn in seinen Träumen verführte.

KAPITEL DREI

Brandy wachte mit heftigen Kopfschmerzen auf und hätte das Leben noch mehr gehasst, wenn es nicht Samstag gewesen wäre. Die Praxis war am Wochenende nicht geöffnet. Zeit genug, um sich zu erholen und hoffentlich ein *Ich hab's dir ja gesagt* von Maeve zu vermeiden, da sie einen der Jungs aus dem Marihuana-Laden hatte schicken wollen, damit er bei Brandy blieb.

Apropos Marihuana-Laden ... Ihre Kopfschmerzen könnten ein wenig Hilfe gebrauchen. Normalerweise würde sie zu ihrem Lieblingsladen gehen – Lanark Leaf, der Griffin Lanark gehörte, Maeves attraktiver besserer Hälfte –, aber da sie Beziehungen hatte, rief Brandy an.

»Ulric, du musst mir versprechen, dass du Maeve nichts erzählst«, bat sie ihn, sobald er abnahm.

»Moment. Bevor ich zustimme, worum geht es hier?«, war seine vorsichtige Antwort.

»Ich hatte gestern Abend im Büro vielleicht einen Zusammenstoß mit einem aggressiven Drogensüchtigen –«

»Was?«, brüllte er.

»Es ist okay. Die Sache wurde erledigt, aber bevor ich ihn fertiggemacht habe, hat er mir vielleicht ein paarmal den Kopf auf den Schreibtisch geschlagen, weshalb mir jetzt ordentlich der Schädel brummt.«

»Ich weiß genau, was du brauchst«, knurrte er. »Bin in zwanzig Minuten da.«

Ulric legte auf und Brandy brach auf ihrer Couch zusammen, nachdem sie ihre Tür aufgeschlossen hatte. Froufrou beschloss, sich auf ihrer linken Brust zusammenzurollen, aber da ihre Brüste schön prall waren, konnte sie es dem Kätzchen nicht verübeln, sie als Kissen zu benutzen.

Als Ulric kam, klopfte er einmal, bevor er mit einer Plastikeinkaufstüte eintrat.

»Sind das Chips?«, fragte sie, da sie die zerknitterte Verpackung einer bekannten Marke erkannte.

»Ich habe auch ein paar von den Donuts, die du so magst. Eine Packung gemischter Schokoriegel. Eine Flasche Orangensaft und eine aufgeschnittene Wassermelone.«

Sie blinzelte. »Wassermelone?«

»Weil sie gut hydriert, nahrhaft und vor allem lecker ist, aber zuerst ...« Er kramte in einer Tasche und holte eine braune Flasche heraus. »CBD-Öl. Das beste Zeug, das wir im Laden gegen Kopfschmerzen und andere Wehwehchen haben.«

»Du bist mein Retter.« Sie griff nach dem Fläschchen, bewegte dabei jedoch ihre Brust, was dazu führte, dass sich kleine Krallen tiefer hineingruben. Sie zuckte zusammen.

Ulric lachte. »Wie ich sehe, hat sich der kleine Schrecken beruhigt.«

»Lass dich nicht von ihrem sanftmütigen Aussehen täuschen. Um drei Uhr morgens ist sie vom Kopfteil auf meine Decke gesprungen, um meinen Fuß zu töten, weil er sich bewegt hat«, beschwerte sich Brandy, obwohl sie das schlafende Kätzchen anlächelte.

Während sie die vorgeschriebene Dosis Öl einnahm, legte Ulric den Vorrat an Nahrungsmitteln bereit und brachte ihr sogar ein Glas und Servietten. Erst dann sagte er: »Also, erzählst du mir, was passiert ist? Vielleicht gibst du mir eine Beschreibung, damit ich den Wichser zur Strecke bringen kann, der dachte, es wäre cool, dich zu verprügeln.«

»Die Sache ist bereits erledigt. Billy hat mir geholfen.«

Ulrics Augenbrauen verließen beinahe sein Gesicht. »Du hast die Bullen gerufen?«

»Nein, ich habe Billy angerufen«, stellte sie klar.

»Anstelle von mir?« Ulric klang beleidigt.

»Weil du es Griffin erzählt hättest, der es Maeve erzählt hätte, und ich wollte nicht, dass sie es erfährt, da sie sich nicht so gut fühlte und mit der Hochzeit in wenigen Tagen schon so viel zu tun hat. Du kennst sie, sie hätte versucht, mich zu verarzten.«

»Und du denkst, Billy wird es Griffin nicht erzählen?«

Brandy schürzte die Lippen. Da Billy wegen seines Jobs praktisch ein Außenseiter in seinem Rudel war, hatte sie angenommen, dass er eher verschwiegen wäre.

»Maeve wird sauer sein, dass du es ihr nicht gesagt hast«, bemerkte Ulric.

»Ich werde es ihr später sagen, wenn sie Mrs. Lanark ist.«

»Maeve ist zu modern, um seinen Nachnamen anzunehmen«, meinte Ulric.

»In manchen Dingen schon, aber in diesem Fall will sie ihren alten Namen ablegen.« Maeve trug den Nachnamen ihrer Mutter, und angesichts der Lügen, die sie aufgedeckt hatte – vor allem, dass ihr Vater nicht tot war, wie ihre Mutter behauptete, und sie finanziell unterstützt sowie aus der Ferne über sie gewacht hatte –, wollte sie einen Neuanfang von der Vergangenheit. Vor allem, da Maeve mit ihrem Vater wiedervereinigt war.

»Tja, Mist. Ich werde Quinn einen Gefallen schulden. Er hat mit mir gewettet, dass sie ihn ändern würde.«

»Was für einen Gefallen?«, fragte sie.

»Die Art, bei der er sich wie ein Mafioso anhört.« Ulric setzte eine flache Miene auf, als er leise murmelte: »Eines Tages werde ich dich um Hilfe bitten und du wirst nicht Nein sagen.«

»Vielleicht zieht er um und braucht ein paar

Muskeln für die Möbel?«, schlug Brandy vor, die sich zu entspannen begann, als das Öl seine Wirkung entfaltete und das Pochen in ihrem Kopf linderte.

»Oh nein, es wird für etwas völlig Verrücktes sein. Es wird so sein wie damals, als er Dorian auf die Asienreise mitgeschleppt hat.«

»Was ist passiert?«, fragte Brandy.

»Sie haben nie darüber gesprochen. Aber Dorian hat eine riesige Narbe auf dem Rücken.«

»Wolltest du nie mal ein Abenteuer erleben?«

Ulric rollte seine breiten Schultern. »Ich denke schon. Aber in Ottawa gibt es nicht viel zu tun.«

Das Leben in der Stadt neigte dazu, in eine Routine zu verfallen, die sich nie änderte. Aufstehen. Zur Arbeit gehen. Wenn sie draußen war, sah sie Beton. Putz und grelle Lichter, wenn sie drinnen war.

»Vielleicht ist es an der Zeit, dass du eine Reise machst. In den Norden fährst. In einer Hütte oder einem Häuschen übernachtest.«

»Mit der Natur kommunizieren?« Er rümpfte die Nase. »Ich bin überrascht, dass ausgerechnet du das vorschlägst.«

»Was soll das heißen?«, rief sie aus. »Ich liebe die freie Natur.«

»Du hast es gerade als die freie Natur bezeichnet.« Er schüttelte den Kopf. »Du bist keine Frau, die die Natur liebt.«

»Ich habe eine Pflanze.« Brandy deutete mit einer Hand in die entsprechende Richtung.

»Sie ist aus Plastik.«

»Trotzdem zählt sie.« Ein Argument, das selbst sie nur schwer verteidigen könnte. Sie sollte sich wirklich mehr bemühen, hier etwas Grünes wachsen zu lassen. Es war angeblich eine gute Möglichkeit, die Luft zu filtern.

»Du würdest nicht einen Tag im Norden überleben«, meinte er.

»Würde ich wohl!« Sie konnte genauso gut weiter lügen.

»Nur wenn du Hilfe hättest. Weißt du, wer ein großartiger Naturbursche ist?« Ulric hielt inne, bevor er sagte: »Billy. Du solltest das Grundstück sehen, das er gekauft hat. Hektar um Hektar Wald.«

»Wirklich? Schön für ihn.« Brandy tat so, als hätte sie kein Interesse, obwohl sie sich fragte, ob zu dem Wald auch eine gemütliche Hütte mit Kamin gehörte.

»Wie geht es Billy?«, fragte Ulric gedehnt. »Ich habe ihn in letzter Zeit nicht oft gesehen.«

»Ist es nicht gut, dass ein Polizist sich nicht für euren Marihuana-Laden interessiert?«

»Wir sind hundertprozentig legal«, argumentierte Ulric. »Es gibt keinen Grund, warum er nicht mit uns gesehen werden kann.«

»Abgesehen von der Tatsache, dass er es nicht benutzen sollte.«

»Nur weil er mit Griffin abhängt, heißt das nicht, dass er raucht«, konterte er.

»Was Billy braucht, ist ein Grund, warum er auftauchen kann, der nichts mit dem Gras zu tun hat. Schade, dass er keinen Bruder oder Cousin da drin hat. Irgendeine persönliche Verbindung zu jemandem.«

Ulric rieb sich das Kinn. »Vielleicht kann er so tun, als würde er mit Quinn oder mir ausgehen.«

»Du würdest mit Billy ausgehen?« Ihre Lippen zuckten.

»Ja, das könnte schwer zu verkaufen sein, da wir beide auf Frauen stehen.« Und jetzt, da er die Falle gestellt hatte, sah Ulric alles andere als unschuldig aus, als er sagte: »Wenn wir nur jemanden kennen würden, der Griffin nahekommen könnte, ohne dass es jemand mitbekommt. Zum Beispiel die beste Freundin von Griffins Verlobter.«

»Ich, mit Billy ausgehen?« Brandy schnaubte. »Das würde ich sofort tun, aber er wird nie damit einverstanden sein. Du hättest seine Reaktion sehen sollen, als ich ihn gebeten habe, meine Begleitung zur Hochzeit zu sein.« Sie würde nicht so tun, als wäre sie nicht gern seine Freundin. Bei aller Mürrischkeit sah sie doch den guten Kerl in ihm. Ganz zu schweigen davon, dass die Anziehungskraft unglaublich war.

»Er hat Nein gesagt?«

»Sehr nachdrücklich.«

Ulric verzog angesichts ihrer Antwort den Mund. »Ich schätze, ich sollte nicht überrascht sein. Er ist fest entschlossen, niemals sesshaft zu werden.«

»Es sollte nur eine Verabredung sein. Nicht ein ganzes Leben.«

»Billy ist ein wenig starr, wenn es um persönliche Beziehungen geht.«

»Warum?«, fragte sie.

»Belassen wir es einfach bei einer beschissenen Kindheit.«

Anstatt neugierig zu sein, wechselte sie das Thema. »Ich sehne mich nach Salz. Sehr viel Salz. Chips, bitte.« Sie streckte die Hände aus. Ihre Brust wackelte etwas zu sehr, weshalb ihre Katze ihre vier Pfoten samt Zähnen hineingrub, um sie zu zähmen.

»Ahhh!«, quiekte sie.

Ulric lachte und rettete sie, indem er die Quittung in der Tüte zerknüllte, was Froufrous Aufmerksamkeit erregte. Während sich das Kätzchen darauf stürzte, schob Brandy sich Chips in den Mund. Nicht urteilen. An manchen Morgen brauchte man einfach Trostessen, so wie Chips mit Sour Cream und Speck-Geschmack. Salzig. Knusprig. Köstlich.

Wie Billy.

Hm. Das Gras war schuld an diesem zufälligen Gedanken.

»Woran denkst du?«, fragte ihr großer blonder Freund.

»Ich denke, dass vielleicht jemand den Detective umstimmen könnte. Ihm vielleicht diskret vorschlagen, mein Angebot anzunehmen, als meine Begleitung zur Hochzeit zu gehen.«

»Warum willst du mit ihm gehen, wenn du mit jemand so Gutaussehendem wie mir gehen kannst?«

»Willst du mich vögeln?«, fragte Brandy ernsthaft.

Ulric verzog das Gesicht. »Du bist wie eine Schwester für mich.«

»Ganz genau. Du, Quinn, sogar Dorian. Es wäre einfach widerlich.«

»Aber Billy ist es nicht? Interessant ...«, murmelte Ulric.

»Wenn du mich dazu bringen willst zu sagen, dass er heiß ist, dann ja, er ist brennend heiß.«

»Du willst, dass ich dich verkupple«, warf Ulric ihr vor, nur um dann sofort zu grinsen. »Heilige Scheiße. Du und Billy. Glaubst du, du hast wirklich eine Chance?«

»Ja.« Brandy konnte es sich nicht erlauben zu zweifeln.

»Er wird niemals zustimmen. Wie ich schon sagte, ist er so beziehungsfeindlich, dass er nicht einmal zweimal hintereinander das gleiche Duschgel kauft.«

»Das heißt, ich sollte mir jemand anderen suchen.« Sie rümpfte die Nase. »Weißt du, wie lange ich gebraucht habe, um Billy zu finden?« Scheinbar ging mit dem Alter auch mehr Urteilsvermögen einher. Sie wollte nicht mit einfach irgendjemandem zusammen sein.

»Wenn Billy deine Messlatte ist, solltest du sie vielleicht höher legen.«

»Nicht nett.«

Ulric grinste. »War nur ein Scherz. Billy ist ein guter Kerl. Und er könnte jemanden wie dich in seinem Leben gebrauchen. Aber wenn es funktionieren soll, werde ich Hilfe brauchen. Ist es okay, wenn ein paar der Jungs mir helfen, ihn zu überzeugen?«

Sie rümpfte die Nase. »Wird das nicht nach hinten

losgehen, wenn Billy denkt, dass ihr euch gegen ihn verbündet?«

»Wir wissen, wie man subtil vorgeht.« Ulric zwinkerte. »Vertrau mir.«

»Ich weiß nicht ...«

»Gib mir dein Handy.«

»Warum?«

»Weil wir ihm eine Nachricht schicken werden.«

»Wir?« Sie zog eine Augenbraue hoch.

»Gut, dann schick du sie.«

»Und was soll ich sagen?«

»Dass du ihn zur Hochzeit einlädst.«

»Das habe ich. Er hat Nein gesagt.«

»Weil er keine Zeit hatte, darüber nachzudenken. Wenn er erst einmal begriffen hat, dass er mit uns abhängen kann, denke ich, dass er für die Idee offen sein wird.«

»Er ist stur. Ich bezweifle, dass wir ihn umstimmen können.«

Ulric zwinkerte. »Mach dir keine Sorgen. Ich habe eine Idee. Gib mir ein paar Stunden Zeit, um sie ihm vorzustellen, und dann schreibe ihm noch einmal.«

»Glaubst du wirklich, dass du ihn umstimmen kannst?«

»Ich schätze, das werden wir herausfinden.«

Nicht gerade ein gutes Zeichen, aber gleichzeitig keimte in ihr die Hoffnung auf. Konnte Ulric Billy überzeugen, mit ihr zur Hochzeit zu gehen? Selbst wenn Billy Ja sagte, bedeutete das nicht, dass er tatsächlich mit ihr würde ausgehen wollen. Was, wenn er nur so tun wollte, um seine Freunde sehen zu können? War das wichtig? Sie hätte die Gelegenheit, ihn zu der Erkenntnis zu bringen, dass er sie in seinem Leben haben wollte.

Verzweifelt? Nein. Brandy wusste, was sie mochte, und im Gegensatz zu anderen hatte sie keine Angst davor, etwas dafür zu tun, um es zu bekommen.

Nachdem Ulric gegangen war, aß sie ein wenig Schokolade, während sie eine SMS tippte. Eine vorsichtige, für den Fall, dass jemand, der nicht eingeweiht war, sie lesen sollte.

Hey, Billy. Ich hatte wirklich Spaß bei unserer Verabredung zum Kaffee letzte Woche, deshalb frage ich jetzt einfach mal ganz dreist: Was machst du nächsten Mittwoch? Meine beste Freundin heiratet und ich könnte wirklich einen attraktiven Begleiter gebrauchen. Was sagst du dazu?

Sie wartete so lange, wie ihre Nerven es zuließen. Lange genug, dass sie sich den Daumen praktisch wund nagte. Als Ulric eine SMS schrieb und fragte, ob sie eine Begleitung für die Hochzeit hätte, nahm sie das als Signal. Sie schickte die SMS an Billy.

Er antwortete an diesem Tag nicht. Auch der Sonntag blieb ruhig. Erst am späten Montag antwortete er mit einem einfachen *Ja*.

KAPITEL VIER

Ja.

In dem Moment, in dem Billy auf *Senden* tippte, wollte er es zurücknehmen. Was hatte er sich nur dabei gedacht? Er konnte nicht mit Brandy auf die Hochzeit gehen. Die Frau, die bereits zu viele seiner Gedanken und Träume verfolgte.

Keine Bindungen. Ein Schwur, den er nicht wegen eines einfachen Falls von Lust brechen wollte.

Die Schuld lag bei seinem Rudel. Es fing damit an, dass Ulric über ihren Gruppenchat auf einem privaten E-Mail-Server hinterhältig eine Nachricht schickte, in der stand: *Weißt du, wenn du mit jemandem ausgingest, der Griffin oder Maeve nahesteht, müsstest du nicht herumschleichen.*

Das stimmte nicht ganz. Wenn etwas passieren würde und herauskäme, dass Billy mit einem Drogendealer herumhing, selbst wenn dieser legal war, wäre er in einer schwierigen Lage. Seine Gewerkschaft würde ihn vielleicht schützen, aber nicht unbedingt. Der Marihuana-Handel war immer noch mit einem großen Stigma behaftet. Gleichzeitig verlockte ihn die Chance, ein tatsächlicher Teil des Rudels zu sein.

Er erinnerte sich daran, wie es sich anfühlte dazuzugehören. Früher war er Stammgast auf der Ranch gewesen, auf der Griffin mit seinen Cousins die Sommer verbrachte. Die Pflegefamilie, die ihn aufgenommen hatte – ein nettes Paar älterer Frauen, Lisette und Marie, die selbst keine Kinder hatten –, verstand sich im Umgang mit heranwachsenden Jungs. Sie wohnten direkt neben den Lanark-Brüdern und ihren Kindern. Nicht alle von ihnen waren wirklich miteinander verwandt. Offenbar waren die Lanarks mehr an Charakter als an Blut interessiert.

Später verstand Billy, was das bedeutete – und warum bei Vollmond übermäßig viel geheult wurde. Er war noch nie so demütig und glücklich gewesen wie damals, als man ihn gebeten hatte, offiziell Teil der Familie zu werden.

Eine Familie, die er mehr oder weniger hatte aufgeben müssen, um etwas zu werden, was er immer gewollt hatte. Eine Person, die das Gesetz aufrechterhielt und für Gerechtigkeit sorgte. Die anderen half, vor allem seinen Rudel-Brüdern.

Aber was wäre, wenn er helfen und gleichzeitig ein Teil von allem sein könnte?

Quinn schaltete sich in das Gespräch ein und schrieb: *Du kannst mein fester Freund sein.*

Woraufhin Billy antwortete: *Ich bin mir ziemlich*

sicher, dass deine aktuelle Freundin ein Problem damit haben könnte.

Als Klugscheißer musste Ulric einfach hinzufügen: *Polyamore Beziehungen sind heutzutage völlig normal.*

Griffin, der Alpha, tat seine Pflicht, indem er tippte: *Es ist okay, wenn Billy nicht zur Hochzeit kommen will. Ich weiß, dass er mir den Rücken freihält.*

Arschloch. Billy liebte Griffin und wollte ihm wirklich persönlich den Rücken freihalten.

Apropos Begleitungen, schrieb Ulric, *wer holt Brandy ab?*

Meint ihr, sie will hinten auf meinem Motorrad mitfahren? Das meinte Quinn doch sicherlich nicht ernst?

Sie wird ein Kleid und hohe Schuhe tragen. Sie kann bei mir einsteigen, bot Dorian an.

Als wollte sie in deinem winzigen Elektroauto gesehen werden, entgegnete Ulric. *Ich werde den Mustang aus der Garage holen, damit sie mit Stil fahren kann.*

Allein die Vorstellung, wie Brandy und Ulric zusammen unterwegs waren ... Ihm drehte sich der Magen um.

Das war der Moment, in dem Griffin sich wieder einmischte. *Laut Maeve wird sie mit ihr in der Limousine fahren. Demnach ist also keine Mitfahrgelegenheit nötig.*

Die Erwähnung beruhigte ihn nicht so sehr, wie er es sich gewünscht hätte. Denn damit war sie immer noch eine alleinstehende Frau auf einer Hochzeit.

Es war Ulric, der vorschlug: *Weißt du, wenn du als*

ihre Begleitung gehst, heißt das nicht, dass du wirklich mit ihr ausgehen musst. Tu einfach nur so, Bruder.

Das scheint mir Brandy gegenüber nicht ehrlich und fair zu sein. Vertrauen war für Billy wichtig.

Bitte. Brandy ist ein guter Mensch. Sie wäre auf jeden Fall bereit, einem Bruder zu helfen. Was denkst du, wie ich auf die Idee gekommen bin?

Moment mal, hatte Ulric mit Brandy über ihn geredet?

Griffin war derjenige, der das Gespräch beendete. *Es ist Billys Entscheidung.*

Völlig richtig. Und Billy war nicht der Typ, der jemanden ausnutzte. Brandy hatte etwas Besseres verdient als einen Scheinfreund. Ganz abgesehen davon, dass er befürchtete, dass eine vorgetäuschte Beziehung dazu führen würde, dass er sie in die Realität umsetzen wollte. Der Funke zwischen ihnen ließ sich nicht leugnen.

Ein Funke, der nicht viel bräuchte, um zu zünden.

Aus dem Weg gehen. Darin war er gut gewesen, aber hatte er sofort abgelehnt, als sie ihm eine SMS schrieb und ihn darum bat, ihre Begleitung zu sein? Nein. Er druckste. Er zauderte. Er erinnerte sich immer wieder daran, warum es eine schlechte Idee war.

Der innere Kampf ließ ihn zögern, eine Antwort auf ihre Einladung zu tippen. Er begann, eine Antwort zu verfassen. Löschte sie. Fing wieder an.

Er hatte eine geistige Liste aller Gründe, warum er Nein sagen sollte. Er weigerte sich, eine Liste darüber zu erstellen, warum er Ja sagen sollte. Er wollte nicht überzeugt werden. Er sollte sich wirklich fernhalten.

Letzten Endes konnte er nicht widerstehen.

Er tippte *Ja*. Er redete sich ein, es läge daran, dass er für Griffin da sein wollte. Das Problem würde sein, die Dinge nicht zu weit gehen zu lassen. Auf keinen Fall wollte er, dass Brandy verletzt wurde.

Zum Teufel, er machte sich auch Sorgen um sich selbst. Es wäre zu einfach, ihrer Verlockung zu erliegen, seine Vergangenheit zu vergessen, sein Versprechen an sich selbst. Seine Freunde ließen es so einfach klingen.

Das war es nicht.

Er würde mit Brandy zu einer Hochzeit gehen. Mist.

Da er nicht mit dem Rudel in Verbindung gebracht werden durfte, musste er sich seinen Anzug selbst in einem anderen Laden ausleihen, der seine Maße nahm und ihn dann einkleidete. Sogar er musste zugeben, dass der Laden ihn besser ausstattete als seine üblichen Sachen von der Stange. Er räumte seinen Wagen aus, saugte und wusch ihn, bevor er zur Kirche fuhr. Brandy hatte keine Mitfahrgelegenheit gebraucht, da sie die Nacht davor und den Morgen mit der Braut verbracht hatte, um sich fertig zu machen. Aber als ihre Begleitung wurde von ihm erwartet, dass er sie nach Hause brachte.

Als Billy die Kirche betrat, tat er so, als würde er Ulric nicht kennen, und sagte laut: »Hi, ich bin Billy Gruff. Brandy Hermans Begleitung.«

»Endlich lerne ich den sexy Detective kennen, von dem sie ständig schwärmt.« Ulric strahlte, als er Billy auf den Rücken klopfte und ihn hineinführte.

»Sexy?« Billy prustete, als sie die Türschwelle hinter sich gelassen hatten und sich außerhalb der Sichtweite neugieriger Blicke befanden.

Sein Freund lachte. »Hättest du mürrisch vorgezogen?«

»Du lässt mich wirklich meine Entscheidung überdenken, hergekommen zu sein.«

»Entspann dich. Amüsier dich. Du wirst Spaß haben. Brandy ist fantastisch.«

»Ich bin überrascht, dass du mit dieser Scharade einverstanden bist. Ich habe den Eindruck, dass ihr euch nahesteht.« Billy versuchte, lässig zu klingen, auch wenn sein Zorn auf Ulric wuchs. Wie gut kannten er und Brandy sich?

»Bah, sie ist wie die kleine Schwester, die ich nie hatte.«

»Sie ist älter als du.« Ein Ausrutscher, der Ulric die Stirn runzeln ließ, da es zeigte, dass er sich mit ihr beschäftigt hatte.

»Älter vielleicht, aber winzig im Vergleich. Was mich daran erinnert, dass ich dich als ihr inoffizieller großer Bruder warnen muss, nett zu sein, sonst muss ich dir wehtun.«

Billy schnitt eine Grimasse. »Wenn sie nett wollte, hätte sie eine andere Begleitung wählen sollen.«

»Das sehe ich auch so. Ganz zu schweigen davon, dass sie jemanden hätte haben können, der süßer ist –

zum Beispiel mich«, erwiderte Quinn, der sich zu den beiden gesellte.

»Ich dachte, du hättest eine Freundin.«

»Nicht mehr. Sie hat angefangen, von Babys zu reden. Ich erwähnte den großen Schnitt. Und jetzt bin ich wieder Single, Baby.« Quinn zwinkerte.

Von einem plötzlichen irrationalen Drang besessen, Quinn zu schlagen, ballte Billy eine Faust und knurrte mit zusammengebissenen Zähnen: »Musst du nicht Leute zu ihrem Platz bringen?«

»Entspann dich, Bruder. Es ist, als wärst du nicht froh, hier zu sein.«

»Ich bin begeistert«, war seine trockene Antwort. Im Moment zweifelte er wirklich an seiner Entscheidung, gekommen zu sein. Auch wenn er gern sehen wollte, wie sein guter Freund heiratete, war ihm nicht klar gewesen, wie seltsam es sich anfühlen würde, in der Öffentlichkeit unter ihnen zu sein. Normalerweise musste er sich heimlich mit seinem Rudel treffen oder an einen Ort gehen, der so abgelegen war, dass niemand sie sehen konnte.

Ulric hielt ihm die Hand hin. »Bringen wir dich an deinen Platz. Da du mit Brandy zusammen bist, bekommst du die Seite der Braut.«

In der Kirche waren nur wenige Leute, da Maeve auf etwas Kleinem bestanden hatte. Sie hatte nur ihren Vater als Familie. Bei Griffin waren nur das aktuelle Rudel sowie Onkel Bernard anwesend.

Billy hat Brandy nirgendwo in der Kirche gesehen. Andererseits, ging eine Trauzeugin nicht den Gang entlang und warf Blumen oder so etwas? Es war seine erste Hochzeit.

Die Kirchenbank erwies sich als hart und die Wahl der Kirche als seltsam, es sei denn, man wusste, dass Pastor Kyle ein Werwolf war, ein Einzelgänger, der sich auf der Suche nach einer Aufgabe an Gott gewandt hatte. Da Pastor Kyle schon da gewesen war, bevor Griffin Alpha wurde, machte er nie ein Aufhebens darum. In einigen anderen Rudel-Revieren waren ungebundene Lykaner nicht erlaubt.

Die Leute nahmen ihre Plätze ein und das Rascheln legte sich, als die Musik einsetzte. Ein Lied, das selbst er erkannte.

Er drehte sich halb um, um wie alle anderen hinzuschauen, und erstarrte dann, als Brandy als Erste auftauchte. Sie hielt einen Blumenstrauß in der Hand und trug ein altrosafarbenes Kleid, das sich an ihre Kurven schmiegte und ihr Dekolleté freigab. Ihre nackten Schultern lockten ihn. Wie gern hätte er zugebissen.

Blinzel.

Er nahm einen tiefen Atemzug. Kein Beißen. Egal, wie köstlich sie aussah. Hinter ihr kam Maeve am Arm ihres Vaters Russell, dem Alpha des GoldenPaw-Rudels aus Toronto, herein.

Diese Hochzeit war nicht nur ein glücklicher Tag für Griffin. Sie führte zu einem Bündnis mit einem der mächtigsten Rudel Kanadas, welches nur von dem in Alberta übertroffen wurde.

Griffin sah so verdammt glücklich aus, als Maeve sich zu ihm gesellte. Die Art, wie er sie ansah …

Billys Blick glitt seitwärts zu Brandy. Er blieb an ihr haften, und was ihn umbrachte, war, dass Brandy direkt zurückstarrte. Und dieses Lächeln? Warum zuckten ihre Lippen immer wieder in seine Richtung? Warum traf es ihn jedes Mal wie ein Blitzschlag?

Er musste gegen ihre Anziehungskraft ankämpfen. Er versuchte sein Bestes, sich auf etwas anderes als Brandy zu konzentrieren. Am einfachsten war es, sich auf das Paar zu fokussieren, das gerade heiratete. Die Zeremonie verging wie im Flug, wobei sowohl das Jawort als auch Küsse ausgetauscht wurden. Dann gab es ein paar Pfiffe und ein wenig Gejohle, als das frisch vermählte Paar Hand in Hand vorbeischritt. Durch die Meisterleistung einer guten Planung fand die Feier in einem Restaurant praktisch direkt gegenüber der Kirche statt.

Brandy folgte dem Brautpaar nicht, sondern kam zu ihm, die Lippen zu einem Lächeln verzogen. »Du siehst gut aus, Billy.«

»Du siehst auch schön aus.« Er blieb zahm in seiner Aussage. »Sollen wir zum Essen gehen?«

»Gleich. Ich habe den anderen Jungs noch nicht Hallo gesagt.« Sie stolzierte durch den Gang und wurde mit einigen Pfiffen begrüßt. Seine Rudel-Brüder umarmten sie, brachten sie zum Lachen und Lächeln. Kein einziges Mal schaute sie ihn an. Warum sollte sie auch?

GROSSER, BÖSER GRUFF

Sie sollte seine Begleitung sein.

Billy griff fast nach der Waffe, die er zu Hause gelassen hatte. Er runzelte die Stirn. Warum sollte es ihn interessieren, wenn sie mit anderen Männern sprach? Das durfte sie. Immerhin waren sie kein Paar.

Das musste nur jemand seinen Füßen und seinem Mund klarmachen. Er marschierte hinüber und unterbrach sie mit: »Sollen wir ins Restaurant gehen? Ich könnte einen Drink vor dem Essen gebrauchen.« Nur einen Drink, da er fahren würde.

»Zeit für Tequila!«, rief Ulric.

Leute mit Geheimnissen, die große Mengen an Alkohol tranken, schien eine äußerst schlechte Idee zu sein. Deshalb saß Billy zunächst an der Bar und trank eine Limonade. Brandy hatte keinerlei Gewissensbisse. Sie streute Salz auf ihre Hand, leckte es ab, trank einen Tequila-Shot und machte jedes Mal, wenn sie an ihrer Zitronenscheibe saugte, das süßeste Gesicht.

Er hätte gern an ihr gesaugt.

Hoppla. Er wechselte von der Cola zu seinem einzigen erlaubten Bier, als der Kellner ihnen mitteilte, dass ihr privater Speisesaal fertig sei. Wenn er mit *privat* den Bereich links von der Bar meinte, der für ihre Gruppe reserviert war. Auf der rechten Seite saßen die normalen Gäste.

Das Essen wurde in Wellen serviert, und möglicherweise war es gut. Er konnte es nicht schmecken, da er sich nur allzu bewusst war, wie Brandys Bein gegen das seine drückte.

Zum Essen gab es Wein, und die Cousins bestellten außerdem Krüge mit Bier für den Tisch. All das vermied Billy.

Brandy brachte mindestens zwei beschwipste Trinksprüche aus, ebenso wie ein paar der Rudelmitglieder. Billy hätte gern über den Mann gesprochen, den er als großen Bruder ansah, der ihm das gegeben hatte, was er immer wollte: eine Familie und ein Gefühl der Zugehörigkeit. Jedoch blieb er sich der Tatsache bewusst, dass sie sich in einer öffentlichen Umgebung befanden und seine Rolle als Brandys Begleiter bedeutete, dass er den Mund halten musste. Aber auch wenn er nicht sprechen konnte, konnte er es wenigstens genießen, dabei zu sein, anstatt im Nachhinein darüber zu hören. Wie viele Dinge hatte er verpasst, weil er sich dafür entschieden hatte, Polizist zu werden?

Gleichzeitig bedauerte er seine Entscheidung nicht. Er liebte den Job. Er liebte es, Menschen helfen zu können. Aber manchmal nagten die Dämonen der Einsamkeit an ihm und er wünschte sich, er hätte einen anderen Weg gewählt, einen, der es ihm erlaubte, die ganze Zeit ein Teil dieser Sache zu sein. Aber gleichzeitig fürchtete er sich auch davor. Billy wusste nicht, wie man Teil einer Familie war. Zuneigung führte zu Schmerz. Am besten war es, allein zu sein, wo niemand verletzt wurde.

Ein rührseliger Gedanke inmitten einer Feier. Billy entschuldigte sich einmal, um auf die Toilette zu gehen. Er wünschte, er könnte mehr als das eine Bier trinken, aber er meinte es ernst damit, Brandy nach Hause zu fahren. Er kam an einem Tisch mit ausgelassenen Kerlen vorbei und ignorierte denjenigen, der pfiff.

Als er die Toilette verließ, die sich mittig befand, um von beiden Seiten des Restaurants leicht erreichbar zu sein, hätte er sie wieder ignoriert, aber einer von ihnen sagte: »Die Braut, mit der du da sitzt, ist verdammt heiß.«

Er warf einen Blick über seine Schulter und erwiderte trocken: »Sie ist vergeben.«

Diese Aussage fühlte sich besser an, als sie es hätte tun sollen. Billy schlüpfte zurück auf den Platz neben Brandy, die an einem schaumigen Getränk nippte. Sie schenkte ihm ein Lächeln, mit leuchtenden Augen und förmlich übersprudelndem Lachen. Es schien selbstverständlich, seinen Arm über ihre Stuhllehne zu legen. Sie lehnte sich an ihn und passte auf eine Art zu ihm, die er sehr genoss.

Als Brandy sich entschuldigte, um auf die Toilette zu gehen, drehte er sich auf seinem Stuhl um und sah zu, wie sie durch den kleinen Flur mit den beiden Toiletten und dem Ausgang schritt. Die Pfiffe hielten sie nicht im Geringsten auf. Einen Moment, nachdem sie verschwunden war, standen zwei der Kerle auf und sahen sich zunächst um. Einer von ihnen bemerkte, dass er sie beobachtete, und stupste den anderen an. Sie tauschten ein Flüstern aus, dann gingen sie mit einem letzten Blick auf ihn in den Waschraum außer Sichtweite.

Hätten sie noch verdächtiger aussehen können? Er betrachtete das Getränk und erinnerte sich, dass Brandy zuerst Tequila und dann nur noch Wein getrunken hatte. Warum jetzt zu etwas so Süßem wechseln?

Er hob das Glas und roch daran.

»Seit wann trinkst du Mädchengetränke?«, stichelte Ulric.

»Wer hat den bestellt?«

»Ich dachte, du wärst es gewesen, Bruder.«

»Ich war es nicht.« Aus einer Vermutung heraus nahm er einen Schluck. Die Süße konnte den Hauch von etwas anderem nicht ganz verbergen.

Oh, scheiße. Abrupt stand er auf und machte sich auf den Weg durch den Raum. Als er sich näherte, erhob sich der Rest des Tisches, von dem die beiden Kerle verschwunden waren, und stellte sich ihm in den Weg.

Er hätte seine Marke zeigen können. Das hätte sie vielleicht vertrieben, aber es hätte mit Sicherheit zu Fragen geführt.

Billy versuchte zu entschärfen. »Entschuldigt mich.«

»Gleich, Hamsterblase. Die Toilette ist im Moment voll. Setz dich hin und warte ein paar Minuten.«

Angesichts des Befehls zog er eine Augenbraue hoch. »Das glaube ich nicht. Weg da.«

»Zwing uns«, war die streitlustige Antwort.

Das hätte er tun können. Vier Jungs? Schwierig, aber nicht unmöglich, aber er wollte sich nicht aufhalten lassen. Er hob eine Hand. Nur eine. Als wären sie eins, schlossen sich seine Brüder in seinem Rücken zusammen, womit sie zahlenmäßig überlegen waren.

»Ihr wollt euch nicht mit uns anlegen«, zischte ein Kerl mit pockennarbigen Wangen.

Griffin trat vor, sein Smoking verbarg kaum die körperliche Präsenz des Alphas. »Eigentlich bin ich derjenige, mit dem ihr euch nicht anlegen wollt. Ich habe gerade geheiratet. Und die beste Freundin meiner Frau ist auf dieser Toilette. Jemand, der allen lieb und teuer ist, die euch gerade anstarren, also bewegt eure Ärsche, oder ich werde sie euch aufreißen.«

»Wir sind nicht an der Frau interessiert.«

»Dann bewegt euch. Ich werde nicht noch einmal bitten.«

Die Musik spielte weiter und die Spannung stieg. Selbst der Barkeeper, der mit Quinn aufs College gegangen war, schwieg. Der Chefkoch war derjenige, der aus der Küche kam und schnauzte: »Ihr Mistkerle belästigt meine besten Kunden. Raus aus meinem Restaurant, oder ihr werdet herausfinden, was in meinem Sonntagsmenü enthalten ist.«

»Wir gehen«, schmollte der Schlaksigste von ihnen.

»Was ist mit ...« Der Jüngste deutete mit seinem haarlosen Kinn in Richtung der Toilette.

So wie sie es sagten ... Billy schob sich an ihnen vorbei und stürmte in die Damentoilette. Keine

Brandy. Er wirbelte herum und entdeckte keinen Ausgang, nicht einmal ein Fenster. Als er herauskam, sah er Ulric in der Tür der Männertoilette stehen.

»Wo ist sie?«, knurrte er, als er sich vorbeidrängen wollte.

»Nicht hier, Bruder. Sieht so aus, als wollten die Kerle nur ihre Ruhe haben, um ein wenig Schnee zu nehmen.« Das Kokain lag immer noch auf dem Tresen, die beiden Jungs vom Tisch drückten sich mit großen Augen an die Wand.

Aber keine Brandy.

Plötzlich besorgt, stieß Billy gegen die Stange der dritten Tür mit dem Ausgangsschild darüber. Er trat in eine Gasse und sah, wie eine schlaffe Brandy von einem schwarz gekleideten Arschloch gestützt wurde, das auf ein in der Gasse geparktes Fahrzeug zusteuerte.

Er dachte nicht nach, er reagierte. Kleidung explodierte, Fell sprießte und er knurrte, als er plötzlich auf Brandy und ihren Entführer zustürmte.

Der Kerl drehte den Kopf, hatte plötzlich eine Waffe in der Hand und feuerte ein paar Schüsse ab.

Billy wich aus, froh darüber, dass der Mistkerl nicht zielen konnte. Der Wichser musste gemerkt haben, dass er tief in der Scheiße steckte, denn er ließ Brandy los, woraufhin sie auf dem Boden aufschlug. Dann sprintete der Idiot zum Wagen.

Oh, scheiße nein. Billy würde ihn nicht entkommen lassen. Der Mann sprang auf den Beifahrersitz und schrie: »Fahr los! Da ist ein tollwütiger Hund hinter mir her.«

Ich bin ein Wolf, Arschloch. Als der Motor aufheulte, sprang Billy. Seine Vorderpfoten trafen den Kofferraum, als dieser wegglitt. Das Fahrzeug raste aus der Gasse und bog mit quietschenden Reifen auf die Straße ein. Als Billy den Bürgersteig erreichte, war es bereits außer Sichtweite.

Verflucht. Wenigstens hatte er sich das Kennzeichen gemerkt. Er trabte zurück zu Brandy. Ulric hatte sie bereits vom Boden aufgehoben.

Als Billy sich näherte, tauchte Maeve auf, obwohl Griffin sagte: »Keine Panik. Billy und Ulric kümmern sich darum.«

Mit *kümmern* meinte er wohl, dass Billy den Kerl verloren hatte, der versucht hatte, Brandy zu entführen.

»Brandy! Oh mein Gott. Was ist mit ihr passiert?« Maeves erster Blick ging zu ihrer schlaffen Freundin. Dann entdeckte sie Billy in seiner Wolfsgestalt. Sie zeigte auf ihn. »Wessen Hund ist das? Ich sehe weder ein Halsband noch eine Leine. Lasst ihn nicht in ihre Nähe kommen, falls er nicht freundlich ist.«

Griffin flüsterte seiner Frau zu, ein Flüstern, das alle hörten. »Das ist kein Hund.«

Ihre Augen weiteten sich. »Wer dann?« Sie schaute sich um, bevor sie murmelte: »Ist das Billy? Aber es ist kein Vollmond.«

»Ich würde sagen, es gab mildernde Umstände«, antwortete Griffin.

Was du nicht sagst. Billy hatte gesehen, wie Brandy entführt wurde, und er hatte nicht nachgedacht, sondern reagiert. Das einzige Problem war nun, wie er sich zurückverwandeln sollte. Bei Vollmond musste sich ein Lykaner, wenn er sich verwandelt hatte, normalerweise erschöpfen oder das Ende der Nacht abwarten.

»Und das weiße Fell? Das ist für diese Teile nicht üblich«, murmelte Maeve.

»Vielleicht reden wir ein anderes Mal über Billys seltsame Färbung. Wir sollten lieber wieder reingehen, bevor die Angestellten anfangen zu reden.« Ulric bildete die Stimme der Vernunft.

Griffin verzog das Gesicht. »Gutes Argument.«

»Ohne Brandy gehe ich nirgendwo hin«, erklärte Maeve. »Dem Restaurant ist es egal, solange wir bezahlen.«

Quinn meldete sich. »Ich kümmere mich um die Rechnung und all das. Ich sage ihnen, dass die Frischvermählten heiß geworden sind und wir anderen plötzlich den Drang verspürt haben, tanzen zu gehen.«

»Ich helfe ihm mit der Rechnung, denn ich bezweifle, dass seine Kreditkarte das aushält«, fügte Wendell hinzu.

»Eigentlich gehen alle außer Ulric und Billy, aus offensichtlichen Gründen, wieder rein. Nehmt euch noch ein paar Drinks. Wendell, gib ein großes Trinkgeld und entschuldige dich dafür, dass ich so plötzlich mit meiner neuen Braut gegangen bin. Wenn jemand nach Brandy fragt, sag ihnen, dass sie zu viel getrunken hat und nach Hause gebracht wurde.« Während Griffin sich einen Plan ausdachte, untersuchte Maeve Brandy, hob ihre Augenlider und drückte die Finger auf ihr Handgelenk und ihren Hals, um ihren Puls zu messen.

Billy konnte nur besorgt zusehen, als Maeve murmelte: »Keine Atemprobleme. Die Temperatur scheint in Ordnung zu sein. Aber sie wurde definitiv unter Drogen gesetzt.«

»Wie? Sie war die ganze Zeit bei uns«, knurrte Griffin.

Es war Ulric, der sagte: »Jemand hat ihr einen Drink von der Bar geschickt.«

»Verdammt mutig, zu versuchen, sie direkt vor unserer Nase zu entführen.«

Eigentlich war es ein Schlag ins Gesicht, da sie inmitten des Rudels hätte sicher sein sollen. Billy hatte es nicht geschafft, sie zu beschützen.

Als könnte er Billys Gedanken lesen, murmelte Griffin: »Das ist nicht deine Schuld, Billy. Niemand hätte mit so etwas Dreistem gerechnet.«

»Sie wird also wieder?«, fragte Ulric.

Maeve nickte. »Höchstwahrscheinlich wird sie es ausschlafen. Aber sie könnte desorientiert aufwachen. Vielleicht übergibt sie sich sogar, da sie auch Alkohol im Körper hat. Ich will nicht, dass sie allein ist. Ich werde mit ihr gehen.«

Ulric protestierte. »Einen Teufel wirst du tun. Ich

meine, nein. Mit einer kotzenden Frau komme ich schon klar.«

»Maeve, ist das okay für dich?«, fragte Griffin.

Sie presste die Lippen zusammen. »Ja, aber wenn sie auch nur den Anschein erweckt, dass es ihr nicht gut geht, rufst du mich an.«

»Ja, Ma'am.«

»Billy, du kommst mit uns in den Laden. Du kannst dich dort verstecken, bis dein Wolf wieder einschläft.« Griffin verteilte weitere Befehle.

Brandy verlassen? Er schüttelte seinen zotteligen Kopf.

»Ich glaube nicht, dass ihm dein Plan gefällt. Da er praktisch auf ihr liegt, nehme ich an, dass er in ihrer Nähe bleiben will«, bemerkte Maeve scharfsinnig.

»Das ist in Ordnung. Billy kann mit mir und Brandy mitkommen«, schlug Ulric vor, wofür er Billys Zustimmung bekam. Jemand musste ein Auge auf den äußerst gut aussehenden Ulric haben und da sein, um sich bei Brandy zu entschuldigen, wenn sie aufwachte.

»Sollten wir nicht Billys Sachen holen?« Maeve deutete auf den zerfetzten Anzug. So viel zu seiner Kaution.

»Ich hole sein Zeug.« Ulric fing an, Stofffetzen aufzusammeln, wobei er eine Brieftasche und ein Handy fand.

Maeve kicherte. »Und ich dachte, der Hulk wäre heftig, wenn es um Kleidung geht.«

Für eine Frau, die noch vor Kurzem nichts von

ihrer Existenz gewusst hatte, hatte sie es weit gebracht.

Griffin klimperte mit Billys Schlüsseln. »Ich habe vergessen, dass er hierher gefahren ist.«

»Fantastisch. So können wir uns ein Taxi sparen.« Ulric wollte den Schlüssel an sich nehmen, aber Maeve schnappte ihn sich zuerst.

»Du hast getrunken.«

»Kaum«, behauptete Ulric. »Und dazwischen hatte ich Wasser. Ich bin kein Jungspund mehr, weißt du. Ich weiß, wie man sich zurückhält.«

Auch Griffin stimmte zu. »Bei seinem Stoffwechsel und seiner Größe müsste er deutlich mehr trinken.«

Maeve war erst zufrieden, als sie ihn dazu brachte, auf einem Bein zu balancieren, die Augen zu schließen und sich auf die Nase zu tippen, während er das Alphabet rückwärts aufsagte.

Maeves Vater wählte diesen Moment, um sein Gesicht in der Gasse zu zeigen. »Habe ich etwas verpasst, als ich unterwegs war, um Zigaretten zu holen?« Zigaretten, eine hässliche Angewohnheit, und das nur wegen des Geruchs und des Geschmacks. Lykaner bekamen seltsamerweise keinen Lungenkrebs wie Menschen.

Maeve zog einen Schmollmund. »Jemand hat versucht, Brandy zu entführen.«

»Ernsthaft?« Der andere Alpha verlor vor Überraschung fast seine Augenbrauen.

»Ja. Sie haben ihr K.-o.-Tropfen untergejubelt und

versucht, sie zu schnappen, als sie auf die Toilette gegangen ist«, erklärte Ulric.

Russell musterte Billy. »Ich nehme an, er kann sich nicht zurückverwandeln?«

Er schüttelte den Kopf.

»Mach dir keine Sorgen. Eine Adrenalinverwandlung lässt normalerweise innerhalb eines Tages oder so nach. Schlaf dich aus.«

Griffin runzelte die Stirn. »Normalerweise? Du hast das also schon mal gesehen? Ich habe bisher nur davon gehört. Das ist mein erster richtiger Fall.«

»Weil es selten ist.«

»Was ist, wenn Billy sich nicht zurückverwandelt? Was dann?«

»Bei Vollmond könnte es klappen. Wenn nicht, habe ich ein Rezept, das wir ausprobieren können, aber ich warne euch, nachdem ich die Zutaten gesehen habe, prophezeie ich euch, dass es wie Scheiße schmeckt«, erklärte Russell.

Billy grummelte.

»Hoffen wir, dass wir es nicht brauchen werden«, fügte Griffin hinzu. »Ulric, mach dich auf den Weg und schreib sofort, wenn sich etwas ändert.«

»Es ist eure Hochzeitsnacht«, entgegnete Ulric.

»Erinnerst du dich an unser letztes Gespräch, als du mir nichts von Brandy erzählt hast?« Maeve funkelte Ulric an, bis er vor Unbehagen sein Gewicht verlagerte.

»Ich werde anrufen. Meine Güte.«

Mit diesen Worten hob Ulric Brandy hoch und trug

sie mit einem großen haarigen Wolf an seiner Seite zum Parkplatz zu Billys Wagen. Billy saß mit ihr auf dem Rücksitz, als Kissen für ihren schlaffen Körper. Als sie bei ihr zu Hause ankamen, ließ Ulric ihn zuerst aussteigen, wobei er murmelte: »Stell sicher, dass die Luft rein ist.«

Ein kurzer Blick entlang des Blocks zeigte, dass um diese Zeit niemand unterwegs war. Erst als er zum Wagen zurückkehrte, hob Ulric Brandy heraus und trug sie mit Billy auf den Fersen nach oben.

Ulric legte sie behutsam auf das Bett. Billy hatte kein Problem damit, dass er ihr die Schuhe auszog und sogar die Frisur löste, aber als er sie auf den Rücken drehte, um sie von ihrer Kleidung zu befreien, knurrte Billy.

»Ganz ruhig, mein Freund. Ich wollte es ihr nur bequem machen.« Ulric hielt die Hände hoch.

Ein nur wenig besänftigter Billy kroch dicht an Brandy heran und legte sich neben sie, um über sie zu wachen.

»Ich schätze, ich kriege die Couch«, beschwerte sich Ulric.

Als Billy seine Wolfslippe zurückzog, hob Ulric beide Brauen. »Ich werde nicht weggehen.«

Billy legte seinen Kopf auf ihren Bauch und starrte ihn weiter an.

»Maeve hat mir gesagt, dass ich bleiben soll, und sie ist die Frau des Alphas und wesentlich furchterregender als du. Ich bin auf der Couch, wenn du mich brauchst.«

Ulric ging, und nach einer Stunde, in der er Brandy beim friedlichen Schlafen zusah, schlummerte Billy schließlich selbst ein.

Und er hatte den besten Traum überhaupt, denn sie kam darin vor.

KAPITEL FÜNF

Brandy wachte mit trockenem Mund in ihrem Bett auf, das sie aus irgendeinem Grund mit einem riesigen Hund teilte. Das Letzte, woran sie sich erinnerte, war die Party bei Maeves Hochzeitsessen. Der Wein floss in Strömen, zusammen mit Tequila-Shots. Eine Menge davon, die Brandy einen nach dem anderen getrunken hatte. Nachdem der Nachtisch serviert worden war, war ihre Erinnerung allerdings etwas getrübt.

Anscheinend hatte sie ein Tierheim aufgesucht und ein weiteres Haustier adoptiert. Der große Fellhaufen bewegte sich überhaupt nicht, als sie sich unter seiner schweren Pfote herauszog.

Wenigstens trug sie noch ihr Kleid und ihren Slip, was bedeutete, dass sie nicht allzu verrückt geworden war. Trotzdem, ein wölfisch aussehender Hund in ihrem Bett? Gut, dass heute nicht Vollmond war, sonst hätte sie etwas anderes vermutet. Die Sache mit den Lykanern war ihr von Ulric und Quinn erklärt worden.

Laut ihnen brauchten Nicht-Alphas einen Vollmond, um sich zu verwandeln.

Ich frage mich jedoch, was mich dazu gebracht hat, einen Hund zu adoptieren. Vor allem einen so riesigen wie diesen.

Sie stand auf und bemerkte zu ihrer Überraschung, dass Froufrou, ihr Kätzchen, an die riesige Bestie gekuschelt schlief. Ein gutes Zeichen? Oder die Ruhe, bevor der Wolfshund ihr Kätzchen zu seinem Snack machte?

Nach einem Besuch im Badezimmer war ihre Blase leer, und als sie wieder auftauchte – ihr zerknittertes Kleid zugunsten eines langen, voluminösen Hausmantels abgelegt –, war der Wolfshund verschwunden. An seiner Stelle lag ein nackter Mann auf ihrem Bett. Und ein schöner noch dazu.

Seine trüben Augen öffneten und weiteten sich bei ihrem Anblick.

»Guten Morgen!«, zwitscherte sie. »Obwohl er mit Kaffee und Aspirin besser wäre. Es scheint, als hätte ich letzte Nacht ein paar zu viel getrunken, denn nach der Crème brulée kann ich mich an nichts mehr erinnern, aber da ich mit einem Wolf gekuschelt habe, als ich aufgewacht bin, gehe ich davon aus, dass wir es in Hündchenstellung gemacht haben.« Das war ein Scherz, aber wie reagierte er darauf?

»Ich muss los.« Der nackte Adonis sprang buchstäblich vom Bett und stürmte aus ihrem Schlafzimmer.

Er würde zurückkommen. Schließlich hatte er

keine Hose an, und selbst wenn ihm die Flucht gelang, wusste Brandy, wo Detective Billy Gruff arbeitete.

Nur kam Billy nicht weit. Als sie das Wohnzimmer betrat, fand sie Ulric auf der Couch ausgestreckt vor, nur mit Shorts bekleidet. Beeindruckend, aber sie interessierte sich wesentlich mehr für den Körperbau von Detective Gruff. Straff und durchtrainiert. Lecker, auch wenn Billys Miene bei Ulrics Anblick finster wurde. »Du bist immer noch hier?«

»Dir auch einen guten Morgen, Detective Grantig«, sagte Ulric. »Wie hast du geschlafen?«

Anstatt zu antworten, hatte Billy eine Forderung. »Ich brauche Kleidung.«

»Meinetwegen musst du dich nicht anziehen«, neckte Brandy, als sie an Billy vorbeischlenderte, der seine Hände vor dem Schritt hielt. Sie starrte auf seinen strammen Hintern – überlegte, ob sie ihm einen Klaps geben sollte –, bevor sie ihre winzige Küche betrat, wo sie fast starb, als Froufrou zwischen ihren Beinen hindurchrannte, bereit fürs Frühstück.

Das hektische Miauen ihrer armen, hungrigen Katze hatte Vorrang, und erst als ihr Fellknäuel sein Gesicht in einer Schüssel mit stinkendem Nassfutter vergraben hatte, sagte sie: »Braucht jemand Kaffee?«

»Scheiße, ja«, rief Ulric aus.

»Prima. Auf der anderen Straßenseite gibt es ein Café. Ich nehme einen großen, mit drei Stück Zucker, Milch und das Gebäck des Tages, das dort angeboten wird.« Brandy verkündete ihre Bestellung dem mit offenem Mund dastehenden Ulric. Lächelnd fügte sie hinzu: »Danke.«

»Geschickt eingefädelt«, lachte der große Mann, während er sich sein Hemd schnappte und es überzog, gefolgt von seiner Hose. Er warf einen Blick auf Billy. »Irgendwas für dich?«

»Klamotten.«

»Hast du welche in deinem Wagen?«

Billy nickte. »Im Kofferraum. Ich weiß nicht, wo meine Brieftasche und mein Zeug sind.«

»Handy und Brieftasche liegen auf dem Tresen.« Ulric ließ den Schlüssel baumeln, den er konfisziert hatte. »Bin gleich zurück.«

Ulric ging und Brandy lehnte sich an die Wand, während sie sagte: »Also, kannst du die Lücken von letzter Nacht füllen? Denn ich habe zwar schon viele wilde Sachen gemacht, aber ich bin noch nie mit zwei Typen nach Hause gegangen.«

»Es gab Ärger im Restaurant.«

»Was für Ärger?«, fragte sie, als er zögerte.

»Jemand hat etwas in deinen Drink getan und dann versucht, dich zu entführen«, platzte er heraus.

Das war nicht die Antwort, die sie erwartet hatte. Ihr Mund wurde rund. »Es war die Piña colada, nicht wahr? Ich schätze, du warst nicht derjenige, der sie für mich bestellt hat.« Das war der einzige Grund gewesen, warum sie die schaumige Mischung getrunken hatte.

Er schüttelte den Kopf. »Ich war es nicht. Und sie wären fast mit dir davongekommen.«

Sie schürzte die Lippen. »Hast du sie erwischt?«

»Nein.« Eine verärgerte Antwort. Er schaute sich um und entdeckte die Häkeldecke, die über ihrer Couch hing. Er schnappte sie sich und wickelte sie um seine Taille.

»Was ist passiert? Details bitte, denn ich kann mich an nichts erinnern.« Weder daran, dass sie entführt oder gerettet wurde, noch daran, wie sie mit Billy, dem Wolf, im Bett gelandet war.

»Wir haben die Sache unterbrochen, bevor ein Typ dich in ein Fahrzeug zerren konnte, das von einer zweiten Person gefahren wurde.«

»Ich kann nicht glauben, dass sie entkommen sind.« Sie verzog den Mund.

»Das sind sie. Da fällt mir ein, ich glaube, ich erinnere mich an das Kennzeichen.«

»Du glaubst?« Sie schnaubte. »Wie ich Dorian kenne, hat er das Kennzeichen schon überprüft, wenn es irgendwo in der Gegend eine Kamera gab.« Griffins Techniker konnte sich Zugang zu Datenbanken verschaffen, die der Öffentlichkeit nicht zugänglich waren.

»Warum scheinst du nicht auszuflippen?«, fragte er.

»Weil ich mich ehrlich gesagt nicht an viel erinnern kann.« Sie zuckte mit den Schultern. »Und du vergisst, dass das nicht meine erste Entführung ist. Aber es ist das zweite Mal, dass du mir zu Hilfe gekommen bist. Mein Held.«

Er verlagerte unbehaglich sein Gewicht. »Kannst

du mir mein Handy geben?« Er kam nur nahe genug heran, um eine Hand auszustrecken, nicht weiter.

Sie nahm es vom Tresen und ließ es in seine offene Handfläche fallen. »Du hast immer noch nicht erklärt, wie du mit mir im Bett gelandet bist und wie du ein Wolf wurdest. Ich dachte, nur Griffin kann sich ohne Vollmond verwandeln.«

»Nach dem zu urteilen, was Russell gestern Abend gesagt hat, wurde es durch Adrenalin verursacht.«

»Also, Billy Gruff, hast du dir Sorgen um mich gemacht?« Sie klimperte mit den Wimpern. »Mein Held.«

Er verzog das Gesicht. »Ich hätte jeden in derselben Situation gerettet.« Er spielte es herunter, und sie wäre vielleicht noch verärgerter gewesen, wenn sie nicht genügend über Lykaner gelernt hätte, um zu wissen, dass seine Entschuldigung nicht zu seinen Taten passte. Sonst gäbe es wesentlich mehr Wolfssichtungen.

»Und die Tatsache, dass du in meinem Bett geschlafen hast?«

»Ich wollte nur in der Nähe bleiben, falls du aufwachst und dich nicht gut fühlst.«

»Meine Haare zu halten, während ich gewürgt habe, hat dich und Ulric erfordert?«

»Ulric wollte nicht gehen.« Eine knappe Antwort. »Aber genug davon, dass ich hier geschlafen habe. Wir sollten darüber reden, wer dich entführen wollte.«

»Niemand?« Sie zuckte mit den Schultern. »Vielleicht war es ein Fehler. Ich meine, es ist nicht so, als wäre ich irgendein süßes junges Ding, das man auf dem Schwarzmarkt als Sexsklavin verkaufen kann.«

»Du bist sehr attraktiv.«

»Schweig still, mein schlagendes Herz. Ich glaube, das war fast ein Kompliment.«

Erneut verfinsterte sich seine Miene. »Nur die Wahrheit. Aber ich bezweifle, dass das die Absicht war. Zum einen war es furchtbar dreist, dich inmitten deiner Freunde so anzugreifen.«

»Und trotzdem wären sie fast damit durchgekommen«, bemerkte sie.

»Hast du irgendwelche Feinde?«

»Karotten.«

Auf seinen leeren Blick hin erklärte sie: »Ich bin allergisch gegen Karotten. Von diesen kleinen orangefarbenen Mistdingern bekomme ich Nesselausschlag.«

»Ich meinte echte Feinde, Leute, die einen Groll hegen könnten. Ex-Freund?«

»Es gibt nur einen verrückten Ex, und der ist kein Problem mehr.« Zum Teufel, an Clive hatte sie schon seit Jahren nicht mehr gedacht. Der gruselige Scheißkerl war hinter Gittern, wo er hingehörte.

»Vielleicht führt jemandes Frau oder Partner einen Eifersuchts-Rachefeldzug?«

Seine Fragen brachten sie zum Lachen. »Willst du mich beschuldigen, jemandes Geliebte zu sein?«

»Bist du das?«

»Nein. Tatsächlich habe ich mich in den letzten Jahren nicht wirklich oft verabredet. Der einzige Ex, den ich habe, der zu so einer Nummer fähig gewesen wäre, sitzt seit einiger Zeit im Gefängnis.«

»Name?«

»Hast du den Teil verpasst, bei dem er im Gefängnis ist?« Wo er hingehörte.

»Es kann nicht schaden, es zu überprüfen.«

»Nur zu. Und wenn du schon dabei bist, überprüfe auch deine Ex-Freundinnen. Vielleicht hat dich eine von ihnen gestalkt und wurde eifersüchtig, als sie sah, dass du meine Begleitung warst.«

»Das hatte nichts mit mir zu tun.«

»Sagst du.«

»Ja, sage ich«, blaffte er.

»Ich dachte, ein guter Detective untersucht alle Aspekte.«

»Das tun wir auch, aber das ist Zeitverschwendung. Ich gehe keine Beziehungen ein.«

»Warum nicht?«

Er presste die Lippen zusammen, und die Chance, ihn noch mehr zu ärgern, verschwand, als Ulric mit dem Ambrosia der Götter zurückkam. Kaffee und ein Kirsch-Sahne-Käsegebäck.

Mmmh.

Billy nahm den Rucksack, den Ulric mitgebracht hatte, und ging in ihr Badezimmer, um sich umzuziehen. Er kam mit viel zu vielen Klamotten bekleidet wieder heraus.

»Ich sollte los«, sagte er.

»Hast du keine Angst, dass mein Entführer zurückkommt und es wieder versucht?«, spottete sie.

Billy hielt sein Handy hoch. »Nein, denn laut Dorian wurde der Wagen, den wir gestern Abend gesehen haben, heute früh angehalten, und der Fahrer ist in Gewahrsam.«

»Ooh. Wer ist es?«

»Ich weiß es nicht, aber ich werde es herausfinden. Kommst du mit?«, fragte er Ulric.

»Lässt du mich bei dem Verhör dabei sein?« Ulrics Miene hellte sich auf. »Ich spiele den guten Bullen.«

»Du kommst nicht mit aufs Revier. Ich setze dich auf dem Weg ab, damit Brandy ihre Ruhe hat.«

»Oh, es macht mir nichts aus, wenn Ulric bleibt.« Der Blick, den Billy ihr zuwarf, wärmte sie bis in die Zehenspitzen.

»Ulric geht, nicht wahr?« Billy richtete seine Worte an den großen Mann.

»Ich schätze, das sollte ich. Wie würde es denn aussehen, wenn dein Freund geht und ich bleibe?«

»Ich bin nicht ihr Freund«, knurrte Billy.

»Was ist daraus geworden, dass wir so tun, als wären wir ein Liebespaar? Sag mir nicht, dass wir schon Schluss machen«, neckte Brandy.

Sie hätte schwören können, dass Billy einen kehligen tierischen Laut von sich gab, bevor er zwischen zusammengebissenen Zähnen hervorpresste: »Ich schaue später nach dir. Schließ die Tür ab. Mach nur auf, wenn du weißt, wer es ist, und selbst dann schreibst du mir eine SMS, wenn du es tust.«

»Oh, du gibst mir Befehle, als wären wir wirklich

ein Paar.« Brandy folgte den Männern, als sie zur Tür gingen.

Ulric verschwand als Erster, aber Billy hielt auf der Schwelle inne. »Nur weil wir jemanden verhaftet haben, heißt das nicht, dass du nicht vorsichtig sein sollst«, mahnte er.

»Du bist niedlich, wenn du beschützend bist«, antwortete sie.

»Ich meine es ernst.«

»Aber was ist, wenn ich will, dass du wieder mein Held bist? Immerhin bist du wirklich gut im Retten.«

»Nur weil ich es geschafft habe, rechtzeitig zu kommen.«

»Dann solltest du vielleicht näher an mir dran bleiben.«

Er blähte die Nasenflügel auf. »Ich glaube nicht, dass das eine gute Idee ist.«

»Warum nicht? Hast du Angst, du könntest es nicht vortäuschen? Lass es uns herausfinden, ja?« Bevor er etwas sagen konnte, stellte sie sich auf die Zehenspitzen, um ihn zart auf den Mund zu küssen. Er erstarrte, eine regungslose Statue, die nicht reagierte, bis Brandy flüsterte: »Wenn diese Sache funktionieren soll, muss sie glaubhaft sein.«

Daraufhin legte er einen Arm um sie und zog sie näher zu sich heran. Er presste seinen Mund für einen harten Kuss auf den ihren, wobei er murmelte: »Mach keine Dummheiten.«

»Ich kann nichts versprechen«, sagte sie, als Billy

ging und ihr einen dunklen Blick über seine Schulter zuwarf, der sie zum Glühen brachte.

Verdammt, dieser Mann war zu sexy für sein eigenes Wohl. Doch trotz all ihrer Neckereien war sie vorsichtig und schloss ihre Tür ab. Als es weniger als eine Minute später klopfte, riss sie die Tür auf, in der Annahme, er oder Ulric hätten etwas vergessen.

Stattdessen kam Maeve mit verwirrter Miene herein. »Was hast du mit dem armen Billy gemacht? Er hat Gas gegeben, als wäre er von einem Schwarm Gänse gejagt worden.«

»Ich wehre mich dagegen, mit einem Vogel-Terroristen verglichen zu werden.« Mit Kanadagänsen war nicht zu spaßen.

»Wenigstens war er heute Morgen wieder ganz der Alte. Das war eine Überraschung, ihn gestern Abend verwandelt zu sehen.«

»Ich bin nur froh, dass Griffin dir von der ganzen Lykaner-Sache erzählt hat, bevor ihr geheiratet habt, sonst wäre es schwierig gewesen, das zu erklären.« Sie hatte eindeutig von ihm gefordert, ihr die Wahrheit zu sagen. Aufgrund der Reaktion seiner Mutter hatte Griffin Angst gehabt, etwas zu sagen. Letzten Endes wollte er sein Leben mit Maeve jedoch nicht mit einer Lüge beginnen.

»Ich kann immer noch nicht glauben, dass ich einen Werwolf geheiratet habe.« Maeve kicherte. »Das klingt wie der Titel eines Liebesromans.«

»Ich glaube, die Geschichte habe ich tatsächlich

gelesen ...« Brandy hatte auf ihrer Suche des Nachvollziehens Dutzende davon verschlungen.

»Ich frage mich allerdings, warum sein Wolf weißes Fell hatte. Man sollte meinen, dass sein Fell zu seinen dunklen Haaren passen würde.«

Brandy schürzte die Lippen. »Gute Frage.« Sie würde Billy fragen müssen, wenn er zurückkam – falls er zurückkam.

»Wie geht es dir?«, fragte Maeve. »Du siehst aus, als hättest du dich von den K.-o.-Tropfen gestern Abend erholt.«

Brandy rümpfte die Nase. »Ich fühle mich gut, wenn ich mir auch dumm vorkomme. Ich kann nicht glauben, dass ich nicht hinterfragt habe, woher der Drink kam. Normalerweise bin ich viel vorsichtiger.«

»Zu deiner Verteidigung, das war verdammt dreist. Ich bin nur froh, dass es dir gut geht.« Maeve umarmte Brandy.

»Mir mag es gut gehen, aber was ist mit dir? Was machst du denn hier? Ihr solltet doch in den Flitterwochen sein.«

»Griffin hat unseren Flug auf später verschoben, damit ich vor unserer Abreise noch einmal nach dir sehen kann. Gut, dass ich das getan habe, denn Billy und Ulric haben dich im Stich gelassen.«

»Billy hat Ulric keine Wahl gelassen.«

»Klingt, als hätte dein Scheinfreund Eifersuchtsprobleme.«

»Schön wär's.« Brandy kicherte. »Im Ernst, in der einen Minute rettet er mich vor einer Entführung und schläft in meinem Bett, und in der nächsten kann er nicht schnell genug abhauen.«

»Warte, er hat mit dir geschlafen?«

»Ja, und wahrscheinlich hat er eine Tonne Wolfshaare auf meiner Bettwäsche hinterlassen. Es ist nichts passiert«, fügte sie schnell hinzu, als Maeve die Kinnlade herunterfiel.

»Du klingst enttäuscht.«

Weil sie es war. »Wenn es so sein soll, wird es passieren.«

Denn wenn sie eines beim Lesen von Werwolfromanen gelernt hatte, dann, dass man sich nicht gegen das Schicksal wehren konnte, wenn es um die Paarung ging.

Und Brandy war sich ziemlich sicher, dass Billy dazu bestimmt war, ihr Wolfsmann zu sein.

KAPITEL SECHS

Billy konnte nicht schnell genug von Brandys Wohnung wegkommen. Er berührte kaum die Bremse, als er um eine Ecke bog.

»Verdammt, Mann, wovor fliehen wir eigentlich?« Ulric legte eine Hand auf das Armaturenbrett, um sich abzustützen.

»Ich fahre nur. Warum benimmst du dich wie ein Weichei?« Er verärgerte Ulric absichtlich, damit er sich nicht eingestehen musste, dass er auf der Flucht war, als hätte er Angst.

Mit Recht.

Brandy machte ihm eine Höllenangst.

Moment, das stimmte nicht. Die Art und Weise, wie er sich bei ihr fühlte, war das Beängstigende, nicht die Frau selbst.

»Ich bin mir meiner Männlichkeit sicher genug, um nicht auf deine toxische männliche Einstellung hereinzufallen und zuzugeben, dass ich gern lebend ankommen würde.«

Billy fing an zu lachen, und es war gut, dass er an einer roten Ampel anhalten musste, damit er es wirklich herauslassen konnte. »Und das von jemandem, der früher in der Todesschlucht Geländemotorrad gefahren ist.«

»Ich habe beschlossen, mit zunehmendem Alter weniger leichtsinnig mit meinem Leben umzugehen.«

»Alter?« Das veranlasste Billy zu einem Schnauben, als die Ampel auf Grün schaltete und er aufs Gaspedal trat, wenn auch nicht mehr so stark wie zuvor. »Wir haben kaum die Hälfte unseres Lebens hinter uns.«

»Erinnere mich nicht daran.« Ulric verzog die Lippen.

Frag ihn nicht. Frag ihn nicht. Er sagte sich, dass er es nicht tun sollte, und platzte dennoch heraus: »Geht es dir gut?« Eine intime Frage an jemanden, den er zwar schon eine Weile kannte, aber nicht so gut wie einige andere im Rudel – wie zum Beispiel Griffin.

»Mir geht es gut, bis auf die Tatsache, dass ich nicht die richtige Frau treffen kann.«

Billy hustete. »Du bläst Trübsal wegen deines mangelnden Liebeslebens?«

»Jup. Ich will die richtige Frau finden. Anscheinend weiß ich nicht, wo ich suchen soll.«

Diese Art von Enthüllung brachte Billy aus dem Konzept. »Wenn du es am wenigsten erwartest, triffst du sie und *bumm*.«

Ulric warf Billy einen Blick zu, als dieser vor einer weiteren roten Ampel abbremste. »Du sprichst, als hättest du es selbst erlebt. Ist es jemand, den ich kenne?« Eine hinterhältige Frage.

Beweg dich nicht. Reagiere nicht. Billy räusperte sich. »Ich werde niemals sesshaft werden, das weißt du.« Er hatte aus erster Hand erfahren, was mit der Liebe passierte. Sie begann heiß und aufregend und wurde dann zu einer toxischen Spirale, die sich immer wiederholte. Es überraschte ihn, dass nicht mehr Leute solche Beziehungen von vornherein vermieden.

»Ich wette, dass du dich heftig verlieben wirst. So verdammt heftig, dass ich Geld darauf wetten würde.«

»Wie viel?«, fragte Billy. »Hundert Mäuse?«

Ulric prustete. »Mach dich nicht lächerlich.« Er hielt inne. »Ich wette um das Motorrad, an dem du in deiner Garage gearbeitet hast.«

»Bist du wahnsinnig? Es ist Tausende wert.«

»Und? Der Sinn einer Wette ist Vertrauen. Wenn du wirklich glaubst, dass du dich nicht verlieben und paaren wirst, dann wette darauf. Jetzt sofort.«

Sein Mund wurde trocken. Sein Herz raste. Die Antwort lag ihm auf der Zunge. Er schüttelte den Kopf. »Du bist wahnsinnig. Ich kann dich nicht so in den Ruin treiben, wenn ich gewinne.«

»Du wirst dich so was von verlieben«, sang Ulric. »Es ist, als würdest du dem Schicksal eine rote Fahne vor die Nase halten. Ich werde das genießen.«

»Ich werde nicht wetten, weil es blöd ist«, knurrte Billy.

»Sicher. Du machst dir überhaupt keine Sorgen, dass du dich in Brandy verlieben könntest.«

»Du spinnst doch. Ich bin nicht an Brandy interessiert.«

»Kuschelst du mit vielen Frauen, während du unerwartet in Wolfsgestalt bist?«

Er schürzte die Lippen. »Das war ein Versehen.«

»Wenn du das sagst.« Dann fragte Ulric unschuldig, aber bestimmt: »Du bist vorhin schrecklich schnell von Brandy weggelaufen. Gibt es da etwas, was ich wissen sollte?«

Nicht unruhig werden, verdammt. Er hielt den Blick auf die Straße gerichtet, als er antwortete: »Ich habe dir doch von der Nachricht erzählt, die Declan geschickt hat. Ich muss zur Polizeiwache.«

»Wenn du es so eilig hast, warum schleppst du mich dann mit? Ich hätte mir auch meine eigene Mitfahrgelegenheit besorgen können.«

Billy bog ab und fuhr auf eine neue Straße mit weniger Verkehr. »Dich abzusetzen ist nur ein Umweg von ein paar Minuten.«

»Sagt der Typ, der es normalerweise vermeidet, mit mir gesehen zu werden.«

»Das war, bevor du Brandy überzeugt hast, meine Scheinfreundin zu sein.«

»Gern geschehen. Du musst zugeben, dass es eine brillante Möglichkeit ist, dich mehr in der Öffentlichkeit sehen zu lassen.«

»Ich könnte immer noch gefeuert werden, weil ich mit einem Dealer und seinen Leuten rumhänge.«

»Dann wirst du eben gefeuert und wirst zum Privatdetektiv oder Sicherheitsspezialisten.«

»Du scheinst für alles eine Lösung zu haben.«

»Ich habe eben darüber nachgedacht. Ich vermisse es, mit dir abzuhängen, Bruder.«

Billy schnaubte: »Ich auch.« Ulric war ein Teil seines College-Lebens gewesen und durch ihn hatte er Griffin kennengelernt. Brüder der Studentenverbindung wurden zu Bruderwölfen.

»Stell dir vor, wie fantastisch es wäre, mehr zusammen abzuhängen. Ich bin schon jetzt mindestens einmal pro Woche zum Abendessen bei Brandy. Sie tritt mir beim virtuellen Bowling in den Hintern.«

Billy trat auf die Bremse, woraufhin Ulric nach vorn ruckte. »Wow, Alter. Ich dachte, das mit dem Töten hätten wir hinter uns. Was ist mit dir los? Bist du eifersüchtig?«

»Nein«, murmelte er mit angespanntem Kiefer.

»Die Tatsache, dass ich gegen Mittag wieder bei ihr vorbeifahre, um nach ihr zu sehen, stört dich also kein bisschen?«

»Nein.« Er umklammerte das Lenkrad so fest, dass er befürchtete, es könnte brechen.

»Gut zu wissen. Hast du noch mehr Informationen über den Kerl, den die Bullen verhaftet haben? Zum Beispiel, warum sie ihn überhaupt angehalten haben? Ich hätte nicht gedacht, dass Griffin Maeve Anzeige erstatten lässt.«

Billy schüttelte den Kopf. »Der Wagen wurde angehalten, weil er als gestohlen gemeldet war.« Das stand in der Nachricht, die er von der Polizeipräsidentin persönlich bekommen hatte, als er Maeves Haus verließ. Darin wurde er gebeten, so schnell wie möglich vorbeizukommen.

»Wirst du immer wegen schweren Autodiebstahls angerufen? Ich dachte, du kümmerst dich um Waffen und Bandenkriminalität.«

»Normalerweise schon, aber anscheinend weigert sich der Typ, den sie festgenommen haben, mit jemand anderem als mir zu reden.«

»Soll heißen, er kennt dich.«

Billy zuckte mit den Schultern. »Vielleicht. Ich habe weder einen Namen noch ein Foto bekommen. Ich schätze, das werde ich bald herausfinden.«

»Bist du sicher, dass ich nicht mitkommen kann?«

»Und wie soll ich das der Polizeipräsidentin erklären?«

Ulric grinste. »Vielleicht könnte ich dein Informant sein.«

»Oder vielleicht könntest du mich meinen Job machen lassen.« Er hielt vor dem Restaurant einer beliebten Fast-Food-Kette an. »Hier steigst du aus.«

»Aber meine Wohnung ist noch etwa drei Blocks weiter östlich.«

»Deine Beine funktionieren.«

»Du bist scheiße«, brummte Ulric, als er aus dem Wagen stieg und in den Nieselregen trat.

»War auch schön, dich zu sehen.« Billy fuhr los, wobei er mit den Fingern auf dem Lenkrad trommelte. Ulrics Fragen hatten ihm nicht im Geringsten gefallen.

Ihn zu beschuldigen, Brandy zu mögen. Oder ihm zu unterstellen, sie sei die Richtige für ihn.

Nein.

Auf keinen Fall.

Und er würde keine Zeit damit verbringen, über Brandy nachzudenken. Stattdessen sollte er darüber nachdenken, was ihn auf dem Revier erwartete, und darüber, dass die Polizeipräsidentin es war, die ihm eine SMS geschickt hatte: *Wir haben einen Verdächtigen in Gewahrsam. Er will nur mit Ihnen sprechen.*

Seltsam, und doch hielt es ihn nicht davon ab, erst einmal in seine Wohnung zu gehen, um sich zu duschen und umzuziehen. Obwohl dies eigentlich ein freier Tag sein sollte, konnte er eine Nachricht seiner Chefin nicht einfach ignorieren. Er parkte auf dem Mitarbeiterparkplatz, ging hinein und grüßte seine Kollegen. Ein geneigter Kopf, eine Bewegung der Hand und ein leises: »Hey.«

Er verließ den öffentlichen Bereich und ging zu seinem zugewiesenen Arbeitsplatz. Dort gab es nichts Persönliches, es sei denn, die abgeplatzte Tasse aus dem Billigladen zählte. Er setzte sich und tippte sein Passwort ein, woraufhin der Bildschirm von der Anmeldeseite zum Desktop wechselte, dessen Nachrichtensymbol ihn über einige neue informierte. Bevor er klicken und mit dem Lesen beginnen konnte, betrat die Polizeipräsidentin den Raum und ging direkt auf ihn zu.

Er stand auf: »Chief.«

»Mein Büro, bitte.« Sie schritt an ihm vorbei, in der Erwartung, dass er ihr folgte.

Die Polizeipräsidentin, eine asiatische Frau von fast fünfzig Jahren, die seit dreißig Jahren im Dienst war, hatte viele schockiert, die es gewohnt waren, dass Männer das Sagen hatten. Vor allem weil sie von außerhalb der Region abgeworben worden war. Aber Chief Bonnet wusste, wie man ein strenges Revier führte, und wenn sie bellte, hörte man ihr zu.

»Setzen Sie sich, Detective.« Sie ließ sich hinter ihrem Schreibtisch nieder. »Ich weiß, dass Sie meine SMS gelesen haben, sonst wären Sie nicht hier.«

»Das habe ich. Was wissen wir bisher? In Ihrer Nachricht stand nicht viel, und ich hatte keine Gelegenheit, etwas anderes zu lesen.«

»Es ist eine merkwürdige Situation. Wir haben gestern Abend einen Anruf über ein gestohlenes Fahrzeug erhalten. Heute Morgen wurde der Wagen gefunden und der Fahrer verhaftet. Es hat sich herausgestellt, dass er in unserem System ist.« Sie drehte ihren Monitor, um ihm den Bildschirm zu zeigen. »Harold Brunner. Kommt er Ihnen bekannt vor?«

Der Name traf Billy mit Überraschung. »Ist das derselbe Harold Brunner, den ich wegen Waffenschmuggels verhaftet habe? Musste er nicht ins Gefängnis?«

Sie nickte. »Er war dort, aber nicht lange. Aufgrund der Überbelegung wurde gewaltlosen Straftätern eine vorzeitige Entlassung angeboten. Er ist vor etwa einer Woche rausgekommen.«

»Und wurde bereits wegen Autodiebstahls verhaftet?« Manchmal war es so, als wollten Berufsverbrecher zurück in den Knast.

»Nicht ganz.«

»Aber Sie sagten, er fuhr einen gestohlenen Wagen.«

»Angeblich gestohlen.« Die Polizeipräsidentin hielt einen Moment inne, bevor sie sagte: »Er ist auf Harold Brunner zugelassen.«

Er blinzelte. »Ich bin verwirrt.«

»Das waren wir auch, als wir es herausgefunden haben. Als wir ihn anhielten, wussten wir nicht, wer er war. Er wollte keinen Namen nennen und sich nicht ausweisen, also wurde Brunner festgenommen und wegen Autodiebstahls angeklagt. Erst während der Bearbeitung stellten wir fest, dass er bereits im System existierte, und fanden heraus, dass der Wagen ihm gehörte.«

»Das heißt, das Fahrzeug war nicht gestohlen. Warum haben Sie ihn dann nicht gehen lassen?«

»Weil er nicht gehen will. Seit die Polizei ihn verhaftet hat, verlangt er, mit Ihnen zu sprechen.«

»Warum?« Das ergab keinen Sinn. Es war Jahre her, dass er mit dem Mann zu tun gehabt hatte. Es sei denn … Hatte Brunner auch hinter der versuchten Entführung von Brandy gesteckt?

»Das wissen wir nicht. Wir haben ihm gesagt, dass es ihm freisteht zu gehen, aber er weigert sich, bis er mit Ihnen gesprochen hat.«

»Geht es um denjenigen, der seinen Wagen als

gestohlen gemeldet hat? Erwartet er, dass wir die Person finden, die ihm einen Streich gespielt hat?« Billy bewegte sich auf einem schmalen Grat zwischen den richtigen Fragen und dem Verschweigen seiner möglichen vorherigen Auseinandersetzung mit Brunner. Angenommen, er war es, warum war der Sträfling hinter Brandy her gewesen? Billy konnte nur vermuten, dass es mit ihrem vorherigen Zusammentreffen zu tun hatte, sozusagen eine Racheaktion.

»Genau das müssen Sie herausfinden. Fragen Sie am Empfang. Lorraine wird Ihnen sagen, in welchem Raum er ist.«

Billy verließ das Büro der Polizeipräsidentin und fragte sich, wie er Brunner zum Gehen bewegen könnte. Wenn er in die Brandy-Sache verwickelt war, musste man sich außer Sichtweite der Polizei um ihn kümmern. Aber er konnte den Mann nicht einfach rausschmeißen. Sein Chief würde sonst noch mehr Fragen stellen.

Vielleicht wollte Brunner ihn nur beschimpfen, weil er ihn hatte verhaften lassen. Könnte es sein, dass die Sache mit Brandy nichts damit zu tun hatte?

Selbst er glaubte das nicht. Aber das würde bedeuten, dass er sehr vorsichtig sein musste. Als er den Verhörraum betrat, musste Billy sich des Spiegelglases und der beiden Kameras bewusst bleiben, die jede seiner Bewegungen und jedes seiner Worte aufzeichneten.

Ihm durfte nichts herausrutschen. Wenn Brunner etwas über Brandy sagte, musste er es so gut wie möglich herunterspielen. Der Mann war tot. Er wusste es nur noch nicht, und das war seine eigene Schuld. Brunner hätte nie versuchen dürfen, Brandy zu entführen. Jetzt stellte er eine Gefahr dar.

Billy betrat den Verhörraum und entdeckte Brunner ähnlich wie zuvor, abgemagert und schmierig. Sein Haar war lang und ungewaschen. Er stank nach Zigaretten und grinste.

»Wenn das nicht der Detective ist, der mich in den Knast gebracht hat. Wird auch Zeit, dass Sie auftauchen.«

»Hey, Brunner. Ich muss sagen, ich fühle mich ziemlich besonders, dass Sie sich all die Mühe machen, nur um zu plaudern. Es wird ein Vermögen kosten, Ihren Wagen aus der Beschlagnahme zu holen.«

»Behalten Sie ihn. Ich brauche ihn nicht.« Brunner hatte sein fröhliches Gesicht noch nicht verloren.

»Wissen Sie, Sie hätten mich einfach anrufen können.«

»Das hätte keinen Spaß gemacht. Ich wollte Sie sehen, wenn ich meine Nachricht überbringe.«

»Und welche Nachricht wäre das?« Billy versuchte, sich nichts anmerken zu lassen, während er auf eine Antwort wartete.

»Dass Sie sich nicht in seine Geschäfte hätten einmischen sollen.«

»Wessen Geschäfte?«

»*Seine*«, antwortete Brunner mit einem Grinsen, das eher beängstigend als freudig war.

»Wenn Sie nur meine Zeit verschwenden wollen —« Billy wollte aufstehen.

Brunner murmelte: »Ich bin noch nicht fertig.«

Billy blieb im Raum, setzte sich jedoch nicht wieder hin. »Ich bin nicht wirklich an dem interessiert, was Ihr verlogenes Mundwerk von sich geben will. Was mich betrifft, hat das Bewährungssystem einen Fehler gemacht, Sie freizulassen.«

»Sie hatten keine Wahl. Es war alles Teil der Vereinbarung.«

»Was für eine Vereinbarung?«, fragte er in dem Wissen, dass jemand zuhörte. So konnte er sich nicht über den Tisch stürzen, Brunner packen und ihn schütteln, während er zu erfahren verlangte, warum er hinter Brandy her war.

»Den, den *er* angeboten hat.«

Die ehrfürchtige Art, wie Brunner es sagte, gab Anlass zur Sorge. Leute, die entschieden hinter einem Anführer standen, konnten unberechenbar sein. Ein bedrohtes Rudel musste mit diskreter, aber tödlicher Gewalt antworten.

»Wie lautet diese angebliche Nachricht für mich?«

»Sie werden für das bezahlen, was Sie ihm angetan haben.«

»Ein Name würde wirklich helfen, denn ich habe schon vielen Leuten etwas angetan.«

»Er lautet —« Der Feueralarm ertönte und Brunner stand auf. »Das ist mein Stichwort zu gehen.«

»Oh nein, das tun Sie nicht.« Billy trat dicht an Brunner heran und knurrte dann so leise, dass das

Mikrofon es nicht über die Sirene hinweg aufnehmen konnte: »Warum wart ihr gestern Abend hinter dieser Frau her?«

»Weil er es uns befohlen hat.«

Bevor Billy ihn schütteln konnte, bis er einen Namen ausspuckte, ging die Tür auf und Sergeant Markol blaffte: »Alle raus. Befehl des Chiefs.« Markols Blick glitt zu Brunner hinüber. »Müssen wir ihm Handschellen anlegen und ihn zu den anderen Gefangenen bringen?«

So gern Billy Brunner auch hinter Gitter geworfen hätte, er hatte keinen Grund dazu. Außerdem wäre es ihm lieber, wenn Brunner freigelassen würde, denn wenn er ihn später zum Verhör festnahm, würde niemand etwas merken.

»Mr. Brunner steht nicht unter Arrest«, sagte Billy, als Brunner sich erhob.

»Ich bin ein freier Mann, Arschloch. Frei zu tun, was ich will und mit wem ich will.« Der letzte Satz war an Billy gerichtet, der die Hände zu Fäusten ballte, anstatt dem Wichser eins aufs Maul zu geben.

Später. Später würde Brunner bekommen, was er verdient hatte.

Und bevor jemand urteilte: Billy hatte sich lange Zeit an das Gesetz gehalten, und was war passiert? Immer wieder wurden unverbesserliche Mistkerle auf die Welt losgelassen, um gute Leute zu terrorisieren. Das musste aufhören. Besonders jetzt, da Brandy bedroht worden war, weil Brunner sich an dem Polizisten rächen wollte, der ihn verhaftet hatte.

Wenn man bedachte, wie sich seine Prioritäten verschoben, war es vielleicht an der Zeit, seine Karriere zu überdenken.

Billy blieb ein paar Schritte hinter dem Mann, als sie sich in den Strom der Menschen einreihten, die in das lärmende Chaos des Empfangsbereichs traten. Während die meisten Leute zu den Türen gingen – aufgrund der vielen vorangegangenen Fehlalarme ohne Eile –, kam ein Kerl mit einer Reisetasche herein. Billy wollte ihn ignorieren. Jemand musste verrückt sein, um mit so vielen Polizisten in der Nähe etwas zu versuchen. Verrückt oder lebensmüde. Verdammt noch mal. Billy drehte ab, nur um festzustellen, dass Brunner ebenfalls auf den Mann mit der Tasche zuging.

Oh, oh.

Der Typ mit der Reisetasche griff hinein und jemand schrie: »Er hat eine Waffe!«

Tatsächlich kam in der einen Hand eine Schrotflinte zum Vorschein, in der anderen ein Revolver. Brunner nahm eine ausgestreckte Waffe, die er in Billys Richtung schwenkte.

Die Leute schrien und ergriffen die Flucht, wodurch eine Sichtlinie zwischen Billy und Brunner entstand.

Als Brunner den Abzug drückte, duckte Billy sich. Brunner schoss weiter und verfehlte glücklicherweise, während Billy über den Empfangstresen sprang und sich mit Pollard und Higgins dahinter versteckte.

Es gab einen unverwechselbaren Schrotflintenschuss, dann ertönten die Schüsse der Dienstrevolver, als die Polizisten im Raum sich der Bedrohung annahmen.

Als die Schießerei aufhörte, erhob Billy sich und tat sein Bestes, die Schreie zu seiner Linken zu ignorieren, um sich auf die Leichen auf dem Boden zu konzentrieren. Nur zwei. Brunner und sein Komplize. Andere unmittelbare Opfer konnte er nicht sehen.

Der schrille Alarm kreischte weiter, aber die Zurückgebliebenen ignorierten ihn, als sie von den Plätzen davonhumpelten, an denen sie Schutz gesucht hatten, um sich neu zu sammeln.

Die Polizeipräsidentin stellte sich neben seine Schulter. »Was zum Teufel ist gerade passiert, Gruff?«

»Ich weiß es nicht. In dem Raum hat er angedeutet, dass ihn jemand dazu angestiftet hat.«

»Wer?«

»Das habe ich nicht herausgefunden.« Während er die Leichen auf dem Boden betrachtete, konnte er seinen Unmut nicht unterdrücken, denn er wusste, dass er die Antwort vielleicht nie erfahren würde.

KAPITEL SIEBEN

Brandy hörte von dem Vorfall, als sie ein paar Lebensmittel einkaufte. Offenbar hatten zwei Verrückte in der Polizeistation ihre Waffen gezogen und angefangen zu schießen. Angesichts der vielen Schüsse war es ein Wunder, dass nur die Psychos starben. Alle anderen kamen mit leichten Verletzungen davon. Diese Beruhigung hielt sie nicht davon ab, Billy eine SMS zu schreiben.

Bist du okay?

Keine Antwort.

Zwing mich nicht, dich auf dem Polizeirevier aufzusuchen!

Die Antwort kam schnell. *Mir geht es gut.*

Brauchst du eine Krankenschwester?

Nein.

Bist du dir sicher? Und weil sie eine Göre sein konnte, fügte sie ein Bild von sich selbst auf einer

Halloween-Party in einer unanständig freizügigen Krankenschwester-Uniform bei.

Zu ihrer Überraschung erhielt sie ein Emoji mit weit aufgerissenen Augen.

Kommst du später vorbei?, fragte sie, da sie noch nicht wusste, ob die Verabredung zur Hochzeit eine einmalige Sache gewesen war.

Die Antwort ließ eine Minute auf sich warten. *Vielleicht. Kommt drauf an, wie lange ich hier festsitze.*

Er hatte nicht Nein gesagt. Oh, scheiße, ja.

Aber so wie es sich anhörte, würde es erst in ein paar Stunden so weit sein. Genügend Zeit, um in der Praxis nach dem Rechten zu sehen. Wein zu besorgen. Und sicherzustellen, dass ihre rasierten Stellen noch immer genau das waren. Sie hatte für die Hochzeit gezupft und gewachst.

Zu dem Gebäude mit ihrer neuen Praxis war es nicht weit. Während Maeves Flitterwochen blieb sie geschlossen. Aber wenn alles nach Plan verlief und sie expandierten, würden sie rotieren können und hätten praktisch immer jemanden zur Verfügung.

Einer der ersten Mitarbeiter, den sie einstellen würden, war Boris, Onkel Bernards Sohn, der gerade seine Facharztausbildung abschloss. Er war der einzige Sohn, der sich nie verwandelt hatte, obwohl er mehr als einmal gebissen worden war. Seine Brüder hingegen hatten sich alle sofort verwandelt.

Brandy hatte so viele Fragen zu der ganzen Sache, mit einem Biss Lykaner zu werden. Einige davon konnten die Männer nicht beantworten.

Warum zum Beispiel nahmen sie die Männer nicht, wenn sie älter waren und ihre gebärfähigen Jahre hinter sich hatten, anstatt sie jung zu sterilisieren? Was geschah mit ihrem Sperma, wenn sie sich verwandelten? Gab es schriftliche Aufzeichnungen über ihre Vergangenheit oder wurde alles mündlich überliefert, was es anfällig für den Telefoneffekt machte?

Auf dem Bürgersteig vor der Praxis herrschte zu dieser Tageszeit reger Fußgängerverkehr, sodass es einfach war, daran zu denken, die Tür abzuschließen, nachdem sie hineingegangen war. Sie stellte sogar die Alarmanlage wieder scharf.

Obwohl die Praxis geschlossen war, trafen immer wieder E-Mails und Faxe ein, die bei Nichtbeachtung beängstigend werden konnten. Eine nach der anderen sortierte Brandy die Nachrichten, rief Leute an, um Termine zu vereinbaren, und bearbeitete die vielen Anfragen.

Die E-Mail mit der leeren Betreffzeile hob sie sich bis zum Schluss auf. Noch mehr von dem gruseligen Spammer.

Es wird nicht mehr lange dauern. Abgeschickt am Nachmittag der Hochzeit. Das ließ sie an die versuchte Entführung denken. Konnte es sein, dass ihr Stalker es zu weit trieb?

Vielleicht war es an der Zeit, Billy von den E-Mails zu erzählen.

Sie druckte die letzte Nachricht aus und klickte dann ihren Papierkorb an, um die anderen an einen sicheren Ort zu verschieben und sie dann ebenfalls an den Drucker zu schicken.

Es könnte nur ein Zufall sein – sagte jedes Mädchen, das getötet wurde, nachdem es sich unwohl gefühlt hatte. Verlegenheit war besser als Nachsicht.

Bumm, bumm, bumm.

Das Klopfen an der Tür ließ sie aufschrecken, aber sie antwortete nicht.

Die Praxis war geschlossen. Das stand auf einem großen Schild an der Tür.

Bumm, bumm, bumm. Das harte Klopfen ließ die Tür in ihrem Rahmen klappern. Das Rauchglas hielt stand.

Brandy hatte Zeit, sich eine bessere Waffe als ihren neuen Computermonitor zu besorgen. Der Schlagstock, den sie im Sicherheitsladen gekauft hatte, füllte ihre verschwitzte Handfläche.

In diesem Moment wünschte sie sich wirklich, Maeve wäre nicht so hartnäckig dabei, dort keine Kameras zu installieren, wo die Patienten gefilmt werden könnten. Bedenken wegen der Privatsphäre, bla, bla, bla. Aber was war mit dem Schutz der Angestellten?

Sie hielt ihr Telefon in der freien Hand und überlegte, wen sie anrufen sollte. Billy kam ihr zuerst in den Sinn. Der Mann war ein hervorragender Ritter in der Rüstung eines mürrischen Polizisten. Aber er war mit der Schießerei auf dem Revier beschäftigt, und was, wenn sie nur die Gelegenheit zu einem Anruf hatte?

Tapp, tapp, tapp.

Das leichte Klopfen beruhigte sie nicht, aber als sie Ulric brüllen hörte: »Hey, Brandy, bist du da drin?«, schloss sie schnell die Tür auf, vor allem, um den Mann ins Gebäude zu zerren und ihn zu beschimpfen.

»Was ist los mit dir, dass du mich so erschreckst?«

»Ich habe kaum geklopft«, rief er.

»Kaum? Die ganze Tür hat geklappert. Ist dir nach dem ersten Hämmern nicht aufgefallen, dass es auch nicht funktioniert, wenn du es beim zweiten Mal härter machst?«

Er starrte sie an. »Was redest du denn da? Ich bin doch gerade erst gekommen.«

Ein kalter Schauer lief ihr über den Rücken. »Verarsch mich nicht.«

»Das tue ich nicht. Dorian hat gesagt, dass sich jemand mit deinen Zugangsdaten in den Computer eingeloggt hat, also bin ich vorbeigekommen, um nach dir zu sehen.«

»Du hast vor diesem schwächlichen Tippen nicht zweimal superlaut angeklopft?«

Er schüttelte den Kopf. »Aber wahrscheinlich ist es gut, dass du nicht aufgemacht hast.«

Sie schürzte die Lippen. »Ich bezweifle sehr, dass es etwas Schändliches war. Wahrscheinlich jemand, der unbedingt zum Arzt will.« Jede Woche gab es mehr als ein paar Leute, die meinten, sie könnten mit ihrem Leiden die anderen in der Schlange vor ihnen übergehen.

»Ja, aber man kann nicht sicher genug sein. Du

wirst nicht immer Billy bei dir haben, der dich rettet. Verdammt, der Junge war ein echter Hingucker. Ich dachte schon, er wird die Leute nach links und rechts schleudern, um an dich ranzukommen.«

»Reden wir über denselben Billy, der weggelaufen ist?«

»Nur, weil du ihm unter die Haut gehst.«

Sie schnaubte. »Das bezweifle ich stark. Apropos, er könnte später vorbeikommen, aber er hat nicht gesagt wann. Hast du Lust, mit mir chinesisches Essen zu holen? Wenn er kommt, kann ich die Reste aufwärmen.« Und wenn er nicht kam, hatte sie für den Rest der Woche Mittagessen.

»Du und Billy habt eine Verabredung?«

»Vielleicht.« Seine SMS deutete es jedenfalls an.

Aber sie hätte wissen müssen, dass Billy alles ruinieren würde.

KAPITEL ACHT

Trotz des stundenlangen Papierkrams, der nach einer Schießerei mit Todesopfern anfiel, war Billy froh, dass Brunner und sein Freund im Leichenschauhaus lagen, anstatt ihren nächsten Entführungsversuch bei Brandy zu planen. Der Wagen, den sie beschlagnahmt hatten? Bei der Durchsuchung des Kofferraums wurden ein Seil, Klebeband, ein Ballknebel sowie eine Flasche mit etwas gefunden, das sie ihr vermutlich in ihr Getränk gemischt hatten.

Und er hatte keinen Zweifel, dass sie es wieder versucht hätten, denn die beiden toten Männer hatten einen persönlichen Rachefeldzug gegen ihn geführt. Es war sicher kein Zufall, dass Billy Brunners Partner, Sal Koover, erkannte. Ein weiterer Gauner, den er weggesperrt hatte.

Die Frage war nur, ob Koover derjenige gewesen war, den Brunner mit *er* gemeint hatte. Oder musste Billy sich Sorgen machen, dass noch eine andere

Person in den Startlöchern stand? Und für wen wäre jemand wie Brunner bereit zu sterben? Ein Mann wie er war normalerweise nur auf sich selbst aus.

All diese Fragen mussten beantwortet werden, aber vor allem wollte er wissen, ob Brandy noch in Gefahr sein könnte. Eine durch ihn verursachte Gefahr.

Sie wollten Billy verletzen, indem sie Brandy verletzten.

Das war inakzeptabel, und deshalb würde er morgen früh die Stadt verlassen. Ein kleiner Urlaub, den die Polizeipräsidentin gewähren müsste, da er ein psychisches Trauma geltend machen würde, nachdem er eine Person, mit der er gerade noch gesprochen hatte, im Kugelhagel hatte sterben sehen. Sie wüsste, dass das Blödsinn war, aber angesichts der neuen Bedeutung der psychischen Gesundheit am Arbeitsplatz konnte sie kaum Nein sagen.

Billy verließ das Revier erst so spät, dass er direkt nach Hause und ins Bett gehen sollte. Stattdessen schaute er bei Brandy vorbei. Er fuhr vorbei. Er sah kein Licht und auch keine Fahrzeuge, die nicht dorthin gehörten. Aber woher sollte er das auch wissen? Es war nicht so, dass er die Kennzeichen aller Wagen überprüfte, um zu sehen, ob sie in der Gegend etwas verloren hatten. Angenommen, Brunner und Koover hätten einen Komplizen, dann wüssten sie sogar, wo Brandy wohnte. Er hatte es nur wegen Dorian herausgefunden. Es war nicht so einfach, wie die Leute dachten, auf legalem Wege an die persönlichen Daten von

Leuten zu gelangen, die ihre Online-Spuren gut verbargen. In Brandys sozialen Medien stand nur, dass sie in Ottawa lebte. Sie stand nicht im Telefonbuch. Ohne seine Beziehungen hätte er ihre Adresse nicht erfahren.

Was bedeutete, dass es unwahrscheinlich war, dass ein möglicher Komplize von Koover oder Brunner sie hatte, warum sollten sie sie sonst nicht zu Hause angreifen? Er vermutete, dass sie ihm gefolgt waren und beim Anblick seiner Verabredung die Gelegenheit sahen, Schaden anzurichten.

Brandy zu schaden.

Er hätte fast sein Lenkrad zerstört. Er musste sicherstellen, dass er sie nicht noch einmal in Gefahr brachte. Obwohl er niemanden sah, der ihm folgte, ging er kein Risiko ein und parkte nicht in der Nähe ihres Hauses. Er entschied sich dafür, eine Straße weiter an einem Ort zu parken, an dem das Licht flackerte, was die Sicht beschissen machte. Innerhalb der Schatten wählte er einen Umweg zu ihrem Gebäude, wobei er nach jeglichen Beobachtern Ausschau hielt. Seine Nackenhaare sträubten sich nicht, und so nahm er die Treppe zu ihrer Wohnung jeweils zwei Stufen auf einmal.

Die dunklen Fenster deuteten darauf hin, dass sie wahrscheinlich schon zu Bett gegangen war, aber dennoch musste er sicher sein. Denn was, wenn Brunner und Koover nur ein Ablenkungsmanöver gewesen waren? Was, wenn dieser *Er*, von dem Brunner gesprochen hatte, ohne sie handelte? Ihm war egal, dass Ulric höchstwahrscheinlich nach ihr gesehen und eine SMS geschickt hätte, wenn etwas nicht in Ordnung gewesen wäre. Billy musste sie mit eigenen Augen sehen.

Unter Benutzung der Dietriche, die er mit mehr Leichtigkeit einsetzte, als es seiner Polizeigewerkschaft lieb gewesen wäre, verschaffte er sich still und heimlich Zutritt. Ihre Wohnung roch nach ihr und dieser verdammten Katze, die zur Begrüßung sein Bein hinaufkraxelte, bis sie ihren Kopf an der Unterseite seines Kiefers reiben konnte.

Er trug das Kätzchen ins Schlafzimmer und sah das leere Bett. Vielleicht wäre er in Panik geraten, hätte er nicht gehört, wie sich hinter ihm plötzlich die Haustür öffnete. Er musste sich nicht umdrehen, um zu wissen, dass Brandy hereinkam.

»Keine plötzlichen Bewegungen, sonst ...«

»Sonst was?«, fragte Billy, als er sich umdrehte und sah, wie sie bedrohlich einen Regenschirm in der Hand hielt.

»Billy? Mit dir habe ich nicht gerechnet. Das nächste Mal wäre eine Vorwarnung gut. Ich hätte dich fast verprügelt.« Sie wedelte mit dem Schirm, bevor sie ihn zu zwei anderen in einen Ständer neben der Tür fallen ließ.

»Ich wollte sehen, wie es dir geht, aber du warst nicht da.« Er konnte sich den vorwurfsvollen Tonfall nicht verkneifen.

»Weil ich unterwegs war.«

»Warum tust du das nach dem, was passiert ist?«,

blaffte er, aggressiver, als es gerechtfertigt war. Er gab dem Tag, den er gehabt hatte, die Schuld.

»Was passiert ist, war ein Zufall, und falls du es noch nicht bemerkt hast, ich bin eine erwachsene Frau, die ihre eigenen Entscheidungen treffen kann. In diesem Fall ging es darum, Dorian zu verarzten. Ein Typ hat ihn beim Radfahren geschnitten und er hat einen Köpfer gemacht.« Sie hatte die Tür bereits zugemacht, aber jetzt schloss sie sie ab, als ginge sie davon aus, dass er bleiben würde. Angesichts der Katze, die gerade an seiner Brust schlief, hatte er vielleicht keine andere Wahl.

»Das mit dem Fahrrad werde ich nie verstehen«, murmelte er. In dem Moment, in dem er fahren konnte, hatte er zwei Räder für vier aufgegeben. Wenn er könnte, würde er auch des Öfteren zwei Beine für vier aufgeben.

»Ich habe darüber nachgedacht, mir eins zu besorgen, um meinen Arbeitsweg zu verkürzen, aber der Gedanke, es jeden Tag die Treppe hoch und runter zu schleppen ...« Sie rümpfte auf niedliche Weise die Nase.

Es war irrational, dass er ihr anbieten wollte, es für sie zu tragen. Er schaute weg und räusperte sich. »Also, du musst dir keine Sorgen um die Typen machen, die dich gestern Abend entführen wollten.«

»Warum sollte ich mir Sorgen machen? Ich hatte Detective Gruff bei mir.« Sie zog ihre knöchelhohen Gummistiefel aus und entledigte sich ihres feuchten Mantels.

Ihre Lässigkeit ärgerte ihn. »Das ist kein Scherz. Sie sind tot.« Er hätte sich selbst einen Tritt verpassen können, als sie blass wurde. Auch wenn er die Wahrheit nicht verbergen konnte, da die Nachrichten darüber berichteten, hätte er es ihr sanfter mitteilen können.

»Warte, die Schießerei war mit den Typen, die mich entführen wollten? Was ist passiert?«

»Der Fall ist ein wenig kompliziert und es gibt viele unklare Teile. Angefangen damit, warum sie hinter dir her waren. Aber ich wollte dir versichern, dass sie tot sind.«

»Selbstmord durch Polizisten? Klingt ziemlich drastisch. Haben sie etwas zugegeben, bevor sie sich umgebracht haben?«

Er presste die Lippen zusammen. »Nein.« Die Möglichkeit eines dritten Mannes erwähnte er nicht. Jetzt, da er wusste, dass sie hinter ihm her waren, war Brandy in Sicherheit, sobald er sich selbst aus dem Spiel nahm.

»Ich frage mich, ob sie auf Drogen waren«, überlegte sie laut. »Andererseits zeigt die Tatsache, dass sie sich zusammengetan haben, um mich zu betäuben, und einen Fluchtwagen in einer Gasse bereitstehen hatten, ein gewisses Maß an Planung.«

»Das spielt keine Rolle mehr, denn sie sind tot.«

»Was auch recht schockierend ist. Ich brauche etwas Wein.« Sie schlenderte zu einem kleinen Weinregal auf dem Boden, aus dem sie eine Flasche

Rotwein herauszog. Sie schwenkte sie. »Trinkst du ein Glas mit mir?«

»Das sollte ich wirklich nicht. Ich bin nur vorbeigekommen, um nach dir zu sehen.«

»Die Leute könnten es bemerken, wenn du zu schnell gehst, du weißt schon, da wir ja ein Paar sein sollten.«

Jetzt war es an der Zeit zu sagen, dass es vorbei war. Dass sie sich zu ihrer Sicherheit nicht mehr sehen würden – und nicht, weil sie seinen Seelenfrieden zerstört hatte.

»Nur ein Glas.«

»Nur eins? Ich bin überrascht, dass du als Mann so schnell gehen willst.«

»Warum?«, fragte er vorsichtig.

»Willst du einen Spitznamen wie Zwei-Minuten-Wunder oder Schnellschuss-Gruff?« Sie zwinkerte ihm zu.

»Es ist Wein – wir sind nicht –«, stammelte er.

»Als frischgebackenes Paar werden die Leute erwarten, dass wir es tun.«

»Niemand hat mich reinkommen sehen.«

»Niemand, von dem du weißt«, gab sie zurück.

Er betete eher, denn er würde es sich nie verzeihen, wenn Brandy durch ihre Verbindung mit ihm verletzt würde. »Weißt du was, ich sollte gehen.«

»Ach, sei nicht so ernst. Setz dich hin. Entspann dich.« Sie drückte ihm ein Glas Wein in die Hand.

Eines würde nicht schaden. Und zwei auch nicht. Nach drei war er tatsächlich entspannt und machte bei

Brandys Spiel »Drei Dinge, die die Leute nicht über mich wissen« mit.

Brandy saß seitlich auf der Couch, die Beine unter sich verschränkt. »Das weiß nicht einmal Maeve, aber ich singe unter der Dusche gern Justin-Bieber-Songs.«

Er lachte. »Ich kann verstehen, warum du das verheimlichst.«

»Ist es meine Schuld, dass er tolle Duschsongs macht?« Ihre Lippen verzogen sich auf köstliche Art. »Du bist dran.«

Er brauchte einen Moment, vor allem weil Billy nie über intime Details sprach. Der Alkohol war schuld daran, dass er plötzlich herausplatzte: »Ich schaue gern romantische Komödien.«

»Du?« Sie blinzelte. Sie erholte sich so weit, um zu fragen: »Was ist dein Lieblingsfilm?«

Seine Wangen wurden heiß, als er zugab: »*Die Braut des Prinzen.*«

»Das gibt's doch nicht!«, rief Brandy aus. »Ich liebe diesen Film.« Dann blähte sie ihre Brust auf und senkte die Stimme: »Mein Name ist Inigo Montoya. Du hast meinen Vater getötet. Jetzt bist du des Todes.« Sie hielt ihr Weinglas hoch, und er stieß mit seinem an, woraufhin sie es wieder auffüllte.

»Was weiß sonst noch niemand über dich?«, fragte Billy.

Sie streckte eine Hand aus. »Wenn ich Toast mache, tue ich so, als hätte ich Jedi-Kräfte, die ihn herauskommen lassen.«

Ihr Geständnis brachte ihn zum Grinsen. »Das habe ich auch schon mit Aufzügen gemacht.«

Ihr Lachen wärmte ihn noch mehr als der Wein. »Vielleicht sind wir beide geheime Jedi-Helden, die wegen etwas Besonderem auf der Erde festsitzen.«

»Als bräuchtest du Hilfe, um noch großartiger zu sein.« Die Worte rutschten ihm heraus, weshalb er sie mit einem großen Schluck Wein überspielte.

»Ach, Billy, du sagst die süßesten Sachen, aber du wirst mich nicht mehr für so großartig halten, wenn ich zugebe, dass ich manchmal zu faul bin, um Wäsche zu waschen, und es vorkommt, dass ich einen Geruchstest an der Schmutzwäsche durchführe.«

Er brach in Gelächter aus, während er rief: »Ich auch!«

»Du bist dran. Welche Geheimnisse hast du noch?«

Er zuckte mit den Schultern. »Ich bin ein ziemlich einfacher Typ.«

»Sagt der Werwolf.« Sie rollte mit den Augen. »Wie ist das passiert? War dein Vater einer?«

»Scheiße, nein.« Angesichts seines Jähzorns eine gute Sache. »Meine Eltern waren der absolute Abschaum aller Wohnwagenparks. Und das will etwas heißen, wenn man die Zahl der Wohnwagenparks in Ontario bedenkt.« Er zog die Mundwinkel nach unten. »Ich habe der Welt einen Gefallen damit getan, mich sterilisieren zu lassen und dafür zu sorgen, dass ich ihre Gene nicht weitergebe.«

»Da bin ich anderer Meinung. Du bist ein guter Mann.«

Er schnaubte. »Nicht wirklich.«

»Das musst du aber sein, denn Griffin hat dich als Mitglied seines Rudels ausgewählt. So wie ich gehört habe, beißt er nicht jeden.«

»Manchmal frage ich mich, ob es ein Mitleidsbiss war, wenn man bedenkt, in welchen beschissenen Verhältnissen ich gelebt habe.«

»Wie ist das eigentlich passiert? Hat er dich zuerst gefragt? Ulric sagt, er wusste über Werwölfe Bescheid, weil sein Vater einer in einem Rudel oben in North Bay war.«

»Ich kannte Griffin und seine Familie. Sie wohnten neben meiner Pflegestelle.« Das Haus war inzwischen verkauft worden. Eine seiner Pflegemütter war vor ein paar Jahren an Gebärmutterkrebs gestorben, die andere war zurück nach Europa gezogen, um bei ihrer Familie zu sein.

»Und?« Sie beugte sich begierig vor. »Wie ist es passiert? Hat er dich gezwungen, einen Haufen Werwolf-Filme zu sehen, um herauszufinden, ob du scharf darauf bist? Hat er dich zur Verschwiegenheit verpflichtet?«

»Er hat mich eher richtig betrunken gemacht. Wir haben unglaublich viel getrunken, obwohl ich jetzt weiß, dass Griffin und die anderen wegen ihres Stoffwechsels nie so besoffen waren wie ich.«

»Das muss schön sein. Im Vergleich dazu bin ich

so ein Milchtrinker.« Sie neigte ihr Glas und verzog ihre vom Wein rot gefärbten Lippen.

Er wollte am liebsten an ihnen saugen. Stattdessen leerte er sein Glas und schenkte sich ein weiteres ein. »Wie auch immer, sobald ich angetrunken war, spielten wir ein Spiel, bei dem gebissen wurde. Da wir am nächsten Tag alle Bissspuren hatten, habe ich mir nichts dabei gedacht.«

Sie starrte ihn mit großen Augen an. »Das war's? Er hat dich gebissen und dann nichts?«

»Nun, er hat abgewartet, was passieren würde.«

»Ich kann nicht glauben, dass er nichts gesagt hat«, murmelte sie.

»Es hatte keinen Sinn, mir etwas zu sagen, wenn es nicht funktioniert.«

»Und was, wenn es das hätte? Was, wenn du dich spontan verwandelt hättest? Oder eine Frau geschwängert hättest? Ulric hat mir gesagt, dass es für die Mutter tödlich ist.«

»Ich habe mich nicht verwandelt, und was die Sache mit dem Schwängern angeht, so war ich zu dem Zeitpunkt schon ein paar Jahre lang sterilisiert.«

Sie schloss abrupt den Mund, als sie begriff, dass er es aus freien Stücken getan hatte. Er hatte es nicht als Voraussetzung für die Verwandlung in einen Lykaner getan, sondern um sicherzustellen, dass er einem Kind nicht das antat, was seine Eltern ihm angetan hatten.

»Ich dachte, Ärzte würden so etwas bei einem so jungen Menschen nicht machen?«

»Es gibt immer eine Ausnahme von der Regel.« Es brauchte nicht viel, um jemanden zu überzeugen, wenn man bereit war, für den Eingriff bar zu bezahlen.

»Wie war es denn, als du dich das erste Mal verwandelt hast?«, fragte sie, während sie an ihrem Glas nippte.

Das Glühen des Weins hatte langsam nachgelassen. Er sollte wirklich gehen. Er schenkte sich noch einmal ein, während er über eine Antwort nachdachte. »Beim ersten Vollmond nach dem Biss hat Griffin mich gefragt, ob ich mit ihm und den Jungs zelten gehen will.« Damals hatte er noch als einfacher Beamter bei der Polizei in Ottawa gearbeitet und Griffin war Mitglied des Ottawa-Rudels gewesen, aber kein Alpha. Das kam erst später. Aber der damalige Alpha bereitete Griffin darauf vor, die Führung zu übernehmen, und dazu gehörte auch, dass er seine eigenen Lykaner erschuf, Leute, die ihm durch Blut und Biss treu ergeben sein würden.

»Ooh, ein wildes Jungs-Wochenende.«

»Das ist noch untertrieben. Wir waren tief in der Provinz. So tief, dass ich sogar Banjos hören konnte.«

Sie lachte. »Oh mein Gott. Du siehst dir Horrorfilme an.«

»Sie sind nicht mehr so gruselig, wenn du merkst, dass du eines der Monster bist.«

»Werwölfe sind keine Monster. Nicht in den Büchern, die ich lese.« Sie zwinkerte ihm zu, und er musste wegschauen.

Ihre Anziehungskraft wurde nur noch größer, je

mehr sie miteinander sprachen. Aber das war in Ordnung. Er würde gehen, und damit wäre es vorbei. Da konnte er das bisschen, das ihm noch blieb, genauso gut genießen.

»Lykaner können Monster sein, aber in dieser Nacht waren wir einfach nur Männer, die sich in etwas Pelziges verwandeln konnten. Es fing damit an, dass es mich in meiner eigenen Haut juckte.« Ein Fieber brannte in ihm und seine Kleidung reizte ihn. »Ich weiß noch, wie Griffin vor mir kniete und sagte, dass der Schmerz nur von kurzer Dauer sein würde.« Das stimmte, und doch hatte ihn das heftige Reißen damals zum Schreien gebracht, auch wenn er dabei keine Stimme gehabt hatte. Er verwandelte sich schnell und heftig. Aus Fleisch wurde Fell und am Ende heulte er.

Griffin blieb die ganze Zeit über vor ihm. Erklärte es.

»Er sagte mir, dass ich einer der wenigen Auserwählten sei. Besonders genug, um mit der Gabe, die er mir gegeben hatte, umgehen zu können.« Und für Billy war es ein Geschenk gewesen, das Geschenk der Akzeptanz und der Familie. Eine Familie, die er dann hatte aufgeben müssen, um sie zu schützen. Ein Polizist zu sein bedeutete so viele Opfer.

»Mit einer Sache hatte er recht: Du bist etwas Besonderes. Zum Heulen besonders.« Sie zwinkerte ihm zu, warf den Kopf zurück und stieß einen heiseren Ton aus.

»Klugscheißer. Jetzt bist du dran. Wie bist du die Brandy von heute geworden?«

»Mit langweiligen, älteren Eltern. Sie bekamen mich in ihren Vierzigern. Dad starb zuerst, an einem Herzinfarkt. Mom ausgerechnet an einem Bienenstich. Sie war eine begeisterte Gärtnerin. Maeve ist alles, was ich noch habe, was ich als Familie bezeichnen würde.«

»Du weißt, dass du auf mich und das Rudel zählen kannst.« Für einen Kerl, der nichts mit ihr zu tun haben wollte, gab er ihr immer wieder einen Grund, ihn zu sich zurück zu rufen.

»Auf die Werwolf-Helden!« Sie hielt ihm ihr Glas hin, stieß mit ihm an und trank einen Schluck. Sie zeigte ihm, wo er mehr Wein finden konnte, woraufhin er schließlich den Kopf schüttelte. »Es ist Zeit für mich zu gehen und für dich, ins Bett zu gehen.«

Sie verzog den Mund. »Du gehst schon?«

Er wollte nicht. »Es ist spät.« Und sie war zu betrunken, als dass er ihr hätte sagen können, warum er wirklich hierhergekommen war.

»Schlafenszeit!«, trällerte sie. »Wusstest du, dass ein Monster unter meinem Bett ist? Und die einzige Möglichkeit, ihm zu entkommen, ist ein großer Sprung.«

Es schien nur natürlich, zu sagen: »Ich bringe dich ins Bett, damit dich nichts erwischen kann.«

»Mein Held!« Sie schlug die Hände zusammen und grinste, während sie schwankte.

Auf dem Weg zu ihrem Schlafzimmer taumelte sie

ein wenig. Er war selbst nicht sehr stabil. Dem Kätzchen gefiel es nicht, dass er schwankte, weshalb es von seinem Hals auf das Bett und dann den Boden sprang. Seltsamerweise vermisste er die kuschelige Wärme.

Er beugte sich vor und schlug die Decke zurück. »Dein monsterfreies Bett wartet auf dich.«

»Vielen Dank, Detective.« Sie kroch hinein bis zur anderen Seite, bevor sie den Platz neben sich tätschelte. »Schließt du dich mir an?«

»Ich kann nicht. Ich muss los.« Denn sie sah einfach zu verlockend aus.

»Du bist noch nicht in der Lage zu fahren.«

Da hatte sie recht.

»Ich werde mich auf die Couch legen.« Eine Couch, die sehr eng sein würde.

Sie schnaubte. »Sei nicht albern. Du wirst als Wrack aufwachen, wenn du das machst.«

»Ulric hat es getan.«

»Ulric ist nicht mein Scheinfreund. Komm schon.« Sie klopfte erneut auf die Stelle. »Ich werde nicht beißen. Es sei denn, du willst es«, fügte sie verschmitzt hinzu.

Das Wort »beißen« ließ sein Zahnfleisch plötzlich schmerzen. Vor allem, da sein Blick zu ihrem Hals wanderte. »Ich sollte wirklich –«

Bevor er zu Ende sprechen konnte, beugte sie sich vor, griff nach seiner Hand und brachte ihn aus dem Gleichgewicht. Er landete auf der Matratze und der Raum drehte sich.

»Vielleicht bleibe ich ein paar Minuten hier

liegen.« Sobald Brandy eingeschlafen war, würde er sich hinausschleichen, bevor er etwas tat, was er nicht tun sollte. Zum Beispiel diese vom Wein verfärbten Lippen küssen.

Er lag steif da. Anders als Brandy. Sie schmiegte sich an ihn, warm und kuschelig, wobei sie murmelte: »Ich bin froh, dass du vorbeigekommen bist.«

Das war er auch. Moment, sollte er ihr nicht sagen, dass sie sich nie wiedersehen würden?

Später.

Er entspannte sich ein wenig, als ihre Wärme ihn durchdrang. Ihr Atem wurde gleichmäßiger, als sie in den Schlaf glitt. Wenn er sich zu früh bewegte, könnte er sie aufwecken, also wartete er, auch wenn der Wein und die Erschöpfung des Tages ihn einholten.

Er schlief ein und träumte von der Frau an seiner Seite.

KAPITEL NEUN

Brandy träumte, dass Billy in ihrem Bett lag und zu viele Kleider trug. Er sah einfach köstlich aus, seine schroffe Kieferpartie verlockte sie dazu, sie mit einem Finger nachzufahren. Ein Finger, der dann auf Entdeckungsreise ging und den Saum seines Hemdes hochzog, um über das straffe Fleisch zu streichen.

Ja, er mochte schlafen, und nein, er hatte ihr nicht gerade die Erlaubnis dazu gegeben, aber das war ihr Traum. Ihre Fantasie. Und darin wachte er auf, um ihren Blick zu erwidern.

»Brandy.« Ihr Name kam als leises Murmeln heraus.

»Pst.« Sprechen könnte den Moment ruinieren. Sie beugte sich zu einem Kuss vor und drückte ihren Mund sanft auf seinen. Doch schon bald wurde er leidenschaftlich, ihre Münder verschlangen einander und verwoben sich in einer feurigen Umarmung. Sie wälzte sich auf ihm und genoss, wie real es sich anfühlte.

»Wir sollten nicht«, murmelte er, während er an ihrer Unterlippe saugte.

»Warum nicht?« Sie wackelte auf ihm, genervt von der Menge an Kleidung, die sie voneinander trennte.

Sie begann, an seinem Saum zu zerren, um sein Hemd nach oben zu ziehen. »Warum bist du in meinem Traum angezogen?«, brummte sie.

Er griff nach ihren Händen. »Das ist kein Traum. Und wir müssen aufhören. Du hast etwas zu viel Wein getrunken. Das haben wir beide.«

»Das ist nicht wegen des Weins.« Wie sollte sie ihm begreiflich machen, dass die Euphorie, in der sie sich befand, nichts mit dem Alkohol zu tun hatte, sondern nur mit dem Verlangen? »Ich will dich.«

»Es tut mir leid. Ich kann nicht.« Er sah aus und klang auch so, als würden ihn die Worte schmerzen.

Auch sie schmerzte es, jedoch nach ihm.

»Wenn du nicht mitspielen willst, dann kannst du zusehen.« Sie drehte sich auf den Rücken und schlüpfte aus ihrer Hose und ihrem Slip, bevor sie die Beine spreizte, um eine Hand zwischen ihre Schenkel zu schieben.

»Brandy.« Er stöhnte ihren Namen.

Sie antwortete, indem sie ihre Finger in sich hineinschob, um sie feucht zu machen, bevor sie sie über ihre Klitoris rieb. Sie schämte sich nicht, obwohl er zusah. Im Gegenteil, ihn als Zuschauer zu haben, steigerte ihr Verlangen nur noch mehr.

»Du bringst mich um«, stöhnte er.

Dennoch verließ er ihr Bett nicht.

»Dann mach mit. Und bevor du sagst, dass du das nicht kannst«, sie starrte auf seine Leistengegend, »dein Ständer behauptet etwas anderes.«

»Du bist noch angetrunken vom Wein.«

»Nicht wirklich.« Sie glühte, aber das lag eher an der Erregung als an den Nachwirkungen des Alkohols. Sie berührte sich weiter und rieb schneller.

Als er sich auf dem Bett bewegte, dann nicht, um es zu verlassen, sondern um zwischen ihre Beine zu gleiten, wobei sein Gesicht ihre Schenkel auseinanderdrückte. Das Streicheln ihrer Finger auf ihrer Klitoris mochte sich nett anfühlen, aber die Berührung seiner Zunge ließ sie die Hüften von der Matratze heben.

Er packte sie und hielt sie still, eine Gefangene seiner süßen Folter. Eine willige Gefangene.

Sie krümmte sich, als seine Zunge hervorschnellte. Sie schrie auf, als er einen Finger in sie gleiten ließ. Sie kam heftig, zuckend und keuchend.

Erst dann kroch er für einen Kuss an ihrem Körper hinauf, sodass sie sich selbst auf seinen Lippen kostete. Sie schlang die Arme um ihn, auch als er murmelte: »Ich sollte gehen.«

»Bleib. Ich bin noch nicht fertig.« Erneut zerrte sie an seinem Hemd. Diesmal half er ihr, es auszuziehen, sodass sein Oberkörper entblößt wurde, während seine Hose tief an den Hüften saß. Sie griff nach dem Bund, und er legte eine Hand über ihre gierigen Finger.

»Bist du sicher?«

»Du treibst die Sache mit dem Einverständnis wirklich zu weit. Ja, ich bin mir sicher. Bist du dir sicher?«, fragte sie mit Blick in seine Augen.

Einen Moment lang sagte er nichts. Er strich mit dem Daumen über ihre Unterlippe. »Weißt du, wie oft ich von diesem Moment geträumt habe? Selbst jetzt frage ich mich, ob es wirklich echt ist.«

Sie griff in seine Hose, packte ihn und drückte ihn so fest, dass er nach Luft schnappte.

»Das passiert wirklich. Ich glaube, wir haben beide lange genug darum herumgetanzt.« Sie knöpfte seine Hose weit genug auf, um seinen Schwanz zu befreien. Sie umschloss ihn mit der Hand und zog daran. Seine Hüften folgten ihr, während er sich auf den Unterarmen über ihr abstützte.

»Küss mich«, forderte sie, als sie seinen Schwanz schließlich losließ, in dem Wissen, dass sie ihn nicht mehr würde halten können.

»Wenn du darauf bestehst.« Er beugte sich hinunter und nahm ihren Mund leidenschaftlich in Beschlag, wobei die harte Berührung seiner Lippen sie entflammte. Ihre Beine waren weit gespreizt, um seinem Körper Platz zu machen. Es brauchte nicht viel seitens ihrer Hüften, um die Spitze seines Schwanzes zu überzeugen, sie an der richtigen Stelle zu stoßen.

Er stöhnte, als er tiefer in sie eindrang, wobei er sich verdammt viel Zeit ließ. Sie biss ihm in die Lippe und knurrte: »Hör auf, so verdammt sanft zu sein. Ich werde nicht kaputtgehen.« Und sie würde schreien, wenn er es noch langsamer anging.

Mit einem erstickten Stöhnen stieß er in sie. Seine lange Spitze berührte ihren G-Punkt und verschaffte ihr einen Lustschock, der ihr den Atem raubte.

Er dehnte sie perfekt und traf sie jedes Mal genau auf den Punkt. Sein Tempo wurde schneller, je fester sie sich an ihn klammerte. Schneller. Sie neigte den Kopf zurück und keuchte. Härter. Sie stöhnte auf, als ihre Fingernägel sich tiefer in seinen Bizeps gruben, während sie sich bei diesem wilden Ritt an ihn klammerte.

»Sieh mich an.« Sein geknurrter Befehl veranlasste sie dazu, seinen Blick zu erwidern. Die Tiefe seiner Augen glühte, als sie ihr Spiegelbild darin sah. Leidenschaftlich, wild, ungezähmt.

Sein.

»Billy.« Sie seufzte seinen Namen, als sie spürte, wie sie kam. Eine langsame, aufgewühlte Welle der Lust, die ihren Mund weit öffnete, ohne dass sie einen Laut von sich gab. Ihre Fingernägel gruben sich tief ein. Ihr ganzer Körper krampfte sich zusammen, als sie sich am Rande des Orgasmus befand, jeder einzelne Muskel angespannt. Sie hörte sogar auf zu atmen.

Ihr Blick blieb auf den seinen gerichtet. Er stieß seine Hüften gegen sie und rieb sie nur mit der Spitze, immer und immer wieder, tief, so tief. Sie warf den Kopf zurück und wölbte den Rücken, als ihr Orgasmus einsetzte. Billy drückte sie an seine Brust. Er schmiegte sich an sie, während die Lust durch ihren Körper pulsierte. Sie saugte an seinem Fleisch und umklammerte seinen Schwanz. Sie spürte die Hitze, als er kam.

Sie rollte in einen weiteren Orgasmus, noch bevor der erste vorbei war. Anstatt zu schreien, versenkte sie ihre Zähne in ihm. Hart. Fest. Das würde sicherlich blaue Flecke geben, vermutlich verletzte sie die Haut, und doch konnte sie den Druck angesichts der durch sie hindurchströmenden Lust nicht nachlassen.

Er stieß einen spitzen Schrei aus, und dann spürte sie das Brennen seines Bisses, gefolgt von einer seltsamen Hitze, die ihren pulsierenden Höhepunkt noch verlängerte.

Als ihre Leidenschaft sich erschöpft hatte, brachen sie in einem Haufen von Gliedmaßen zusammen. Überwiegend nackt. Er hatte seine Hose noch bis zur Wölbung seines Hinterns an.

Da er sie an sich drückte und seinen Kopf auf den ihren gelegt hatte, konnte sie diese Pobacken umfassen und sich daran erfreuen, dass sie endlich die echte und nicht die Traumversion von Billy gevögelt hatte. Er war sogar noch besser, als sie es sich vorgestellt hatte.

Er murmelte: »Was haben wir getan?«

»Das Unanständige. Obwohl ich die Pille nehme, sollten wir beim nächsten Mal ein Kondom benutzen.«

Er starrte sie an. »Ich kann dich nicht schwängern.«

»Das weiß ich, aber was ist mit einer Geschlechtskrankheit?«, erwiderte sie, als Billy den Moment vorhersehbar ruinierte.

»Ich bin nicht – das ist –«, brauste er auf. »Ich muss gehen.«

In seiner Eile fiel er praktisch aus dem Bett. Er riss sich die Hose hoch, griff nach seinem Hemd, das auf einem Stuhl gelandet war, und lief so schnell aus dem Schlafzimmer, dass sie fast beleidigt war.

Aber sie ließ ihn gewähren, da er unter Schock stand. Das tat sie selbst ein wenig.

Nachdem die Tür zugefallen war, stand sie auf und ging ins Bad, um den Beweis selbst zu sehen.

Eine Bissspur auf ihrer Brust. Aus all den Liebesromanen, die sie gelesen hatte, wusste sie, was das bedeutete.

Ich bin seine Gefährtin.

KAPITEL ZEHN

Sie ist nicht meine Gefährtin.

Das konnte sie nicht sein, und doch hatte er die Markierung auf ihrer Brust gesehen. Ein Mondsichel-Biss, den er nicht beabsichtigt hatte, und doch konnte er in diesem Moment, in diesem epischen, lustvollen Moment, nicht anders.

Es bedeutete nichts. Scheiß auf die angeblichen lykanischen Überlieferungen über das Schicksal und das Finden »der Einen«. Niemals sesshaft werden. Das hatte er sich versprochen. Denn Beziehungen fingen immer gut an, mit einem Hoch der Liebe, und dann ging es bergab. Man musste sich nur seine Eltern ansehen.

Und was ist mit allen anderen?, argumentierte sein Unterbewusstsein nicht zum ersten Mal. Es wies gern darauf hin, dass seine toxischen Eltern nicht gerade ein Musterbeispiel waren.

Aber das war so oder so egal. Brandy war nicht seine Gefährtin. Er hatte sich nur von dem Moment mitreißen lassen. Und außerdem war die Sache mit dem Biss ein Hollywood-Mythos. Er war sich ziemlich sicher, dass Griffin Maeve nicht gebissen hatte. Andererseits hatte er nie gefragt.

Nein. Es bedeutet nichts.

Das redete er sich immer wieder ein, während er schnell zu seinem Wagen ging, der einen Block entfernt geparkt war. Er fand ihn unangetastet vor. Es war später als erwartet, nur noch eine Stunde bis zum Morgengrauen. Sie mussten länger geschlafen haben, als ihm bewusst gewesen war, was bedeutete, dass er nicht einmal dem Alkohol die Schuld für sein Handeln geben konnte. Er hatte die Kontrolle verloren, weil es Brandy war.

Eine Frau, die ihm mehr Angst machte als jeder Kriminelle, den er zur Strecke gebracht hatte.

Das Wohngebäude gegenüber seines Reihenhauses hatte einige Fenster, in denen Licht brannte. Viele Arbeiter, die früh aufstanden. Auf dem Außenparkplatz standen ein paar Wagen im Leerlauf, die per Fernbedienung gestartet wurden. Er parkte in seiner Einfahrt, nicht in der Garage, die für sein Motorrad reserviert war. Er betrat die Wohnung durch die Vordertür und warf seinen Schlüssel auf den Tisch, während er die Tür zustieß.

Er unterbrach seine übliche Routine nicht, auch als er spürte, dass in seiner Wohnung etwas nicht stimmte. Die Dunkelheit war intensiver als sonst, so als hätte jemand die Jalousien zugezogen. Er betätigte einen Lichtschalter neben dem Eingang, um den Raum zu erhellen.

Ein völlig zerstörter Ort.

»Was zur verdammten Hölle«, schnaubte er, als er sich den Schaden ansah. Nichts war unversehrt geblieben, angefangen bei den Bildern, die von der Wand gezerrt worden waren, über die zerschnittenen Leinwände bis hin zu den Polstern auf seiner Couch, aus denen die Füllung herausgerissen worden war. In der Küche war der Kühlschrank umgekippt und überall lagen Lebensmittel herum.

In seinem Schlafzimmer prangte eine Nachricht an der Wand über dem massakrierten Bett: *Ich werde dich holen.*

Es schien, als hätten seine Probleme mit dem Tod von Brunner und Koover nicht aufgehört.

Da in seiner Wohnung nichts mehr zu retten war, verließ er sie. Auf dem Weg zurück zu seinem Wagen rief er Ulric an, da er Griffin nicht in seinen Flitterwochen stören wollte.

»Was auch immer es ist, Detective, ich war es nicht«, antwortete Ulric.

»Jemand hat letzte Nacht meine Wohnung verwüstet.« Er wollte nicht damit herausplatzen.

»Scheiße, Alter, das ist echt ätzend. Hast du eine Ahnung, wer es war?«

»Ich glaube, es hat mit den Typen zu tun, die auf

dem Revier Selbstmord durch Polizisten begangen haben. Ich habe beide in der Vergangenheit verhaftet. Es muss eine Art Rachefeldzug sein, und wenn die letzte Nacht etwas bewiesen hat, dann, dass diejenigen, die mir nahestehen, nicht sicher sind.«

»Ah, hast du dir Sorgen um mich gemacht, Gruff?«

»Eher um Brandy. Meine Wohnung wurde von jemand anderem als Brunner und Koover verwüstet, was bedeutet, dass noch jemand da draußen ist, der einen Groll hegt.«

»Brauchst du Hilfe, um denjenigen zu finden?«

»Mit dem Teil komme ich klar. Ich will, dass Brandy in Sicherheit ist, nachdem sie durch unsere letzte Scharade ins Fadenkreuz geraten ist.« Das Wort »Scharade« verursachte einen schlechten Geschmack in seinem Mund, denn es hatte sich nicht unecht angefühlt. Ihre Verbindung war, auch abgesehen vom Sex, viel zu echt und episch gewesen. Außerdem unvergesslich? Die Art und Weise, wie er aus dem Bett gesprungen und aus der Wohnung geflohen war. Keine Entschuldigung. Keine Erklärung. Nichts.

Er räusperte sich, als er seinen Gedankengang verlor, und fing wieder an. »Weil ich so getan habe, als würde ich mit Brandy ausgehen, könnte sie auch ein Ziel sein.«

»Bist du immer noch bei ihr zu Hause?«

»Ähm ...« Er wusste nicht, was er zugeben sollte.

»Alter, ich weiß, dass ihr was miteinander habt. Ich habe ihr gestern Abend eine SMS geschickt.«

»Warum?« Er wollte es nicht brüllen.

»Beruhige dich. Ich wollte rüberkommen, um ihr beim virtuellen Bowling in den Arsch zu treten, aber sie hat zurückgeschrieben, dass ihr Freund da ist.«

»Sie hat mich ihren Freund genannt?« Er dämpfte seine Freude durch die Erinnerung daran, dass sie gestern Abend einen Weg gefunden hatte, SMS zu schreiben, ohne dass er es wusste. Wahrscheinlich, als er auf die Toilette ging.

»Ja, sie hat dich Freund genannt. Willst du jetzt wie ein Schulmädchen darüber kichern?«

»Fick dich.«

»Heißt das, ich habe unsere Wette gewonnen?«

»Nein, weil wir keine Wette abgeschlossen haben. Und ich habe nicht angerufen, um rumzualbern. Du musst dich sofort zu Brandy begeben.«

»Ich kann nicht, Alter. Jedenfalls nicht in nächster Zeit.«

»Aber sie braucht jetzt Schutz.«

»Moment mal, du hast sie allein gelassen, obwohl du weißt, dass noch ein Psycho frei herumläuft?«

»Zu dem Zeitpunkt wusste ich es nicht. Und zu meiner schwachen Verteidigung: Die beiden Typen, die versucht haben, sie zu entführen, sind tot. Aber so wie meine Wohnung aussieht, ist mindestens noch einer übrig, vielleicht sogar mehr.«

»Heilige Scheiße, wie viele Leute hast du verärgert?« Ulric klang beeindruckt.

»Eine ganze Menge, deshalb will ich Brandy nicht

allein lassen. Zumindest bis wir wissen, dass ich sie von ihr weggelockt habe.«

»Ich verstehe zwar deine Bitte und will helfen, aber ich kann trotzdem erst in frühestens einer Stunde kommen. Und was soll ich ihr dann sagen? Hey, Billy will, dass ich hierbleibe, bis er Entwarnung gibt?«

Allein die Vorstellung, wie Ulric bei ihr blieb, brachte ihn zum Kochen. Billy schob es beiseite. »Tatsächlich glaube ich nicht, dass Brandy in ihrer Wohnung bleiben sollte. Meinst du, Griffin und Maeve hätten etwas dagegen, wenn sie die nächste Zeit bei ihnen im Laden unterkommt?« Dort gab es ausgezeichnete Sicherheitsvorkehrungen.

»Das ist keine schlechte Idee. Quinn, Dorian und ich können uns im Bunker abwechseln.« Ein schicker Name für ein Zimmer mit einem Bett, Badezimmer und einem Waffenspind, falls sie den Laden und das Rudel wirklich verteidigen mussten.

»Das weiß ich zu schätzen. Ich sage dir Bescheid, wenn es wieder sicher ist.«

»Wie lautet der Plan?«

»Ich werde ihn aus der Stadt locken und ausschalten.«

»Ihn? Das ist irgendwie sexistisch, Bruder.«

»Nicht wirklich. Bevor er starb, behauptete Brunner, er hätte Befehle von einem anderen Mann erhalten. Ich habe nicht den Eindruck, dass es Koover war, da er auch gestorben ist.« Außerdem war er dumm wie Bohnenstroh.

»Du benutzt dich also selbst als Köder. Wer ist

deine Verstärkung beim Schließen der Falle?«, fragte Ulric.

»Niemand. Ich komme damit allein klar.«

»Das haben schon viele tote Männer gesagt.«

»Ich werde in der Hütte sein, wo ich den eindeutigen Vorteil habe.«

»Und Isolation. Wenn du dort bist, bist du von der Außenwelt abgeschnitten. Du wirst nicht um Hilfe rufen können.«

»Es ist der perfekte Ort, um ein Problem still und leise zu beseitigen.«

»Was, wenn es nicht nur ein Typ ist?«, gab Ulric zu bedenken. »Was ist, wenn derjenige Waffen mitbringt? Es sind mehr als zwei Wochen bis zum nächsten Vollmond.«

Eher drei. Billy spürte, wie er näher kam. »Du vergisst, dass ich ein Meisterschütze bin.« Sobald Billy gelernt hatte, wie man mit einer Waffe umging, hatte er seine Zielübungen verfeinert.

»Wir sollten mit Griffin reden.«

»Nein. Der Mann ist in den Flitterwochen. Es wird schon gut gehen.«

»Berühmte letzte Worte«, brummte Ulric. »Also, wann brichst du auf?«

»Anscheinend gleich nachdem du bei Brandy eingetroffen bist.«

Denn er konnte sie nicht ohne eine Wache zurücklassen. Das Problem war, dass er, wenn er vor der Tür parkte, ihren Standort und sein Interesse genauso gut herausposaunen konnte. Aber gleichzeitig würde es nichts bringen, wenn er mehrere Blocks entfernt parkte.

Also parkte er erneut woanders und ging zu ihrem Haus, wobei er angesichts der frühen Stunde auf dem Weg Kaffee und Donuts besorgte. Was er zu sagen hatte, würde Zucker und Koffein erfordern.

Den Hut tief gezogen, die Schultern gekrümmt, um seine wahre Gestalt zu verbergen, klopfte er an ihre Tür. Als sie geöffnet wurde, murmelte er grimmig: »Wir müssen reden.«

Brandy, die nur einen dünnen Seidenmantel trug, zog die Augenbrauen hoch. »Müssen wir das? Ich bin mir nämlich nicht sicher, ob ich mit einem Kerl reden sollte, der nicht mal ein paar Minuten zum Kuscheln bleiben konnte, sondern aus der Tür lief, ohne sich auch nur zu verabschieden.«

Er zuckte zusammen. »Das war schlecht von mir. Und es gibt keine Entschuldigung für mein Verhalten. Es tut mir leid.« Er streckte ihr die Leckereien entgegen. »Ich habe Essen und Koffein mitgebracht.«

»Bring es rein.« Sie trat zur Seite, woraufhin er vorsichtig hineinging.

Sie schien wütend und ruhig zugleich zu sein.

Bevor er es in die Küche schaffen konnte, kam die Katze aus dem Nichts, sprang, prallte gegen sein Hosenbein und kletterte.

»Was zum Teufel!«, schrie er, als sich diese scharfen, winzigen Dolche namens Krallen in sein armes Fleisch gruben.

»Schrei nicht. Du erschreckst sie nur und dann ist

es noch schlimmer«, riet Brandy, die auf einem Hocker an der Frühstückstheke Platz nahm. Ein verherrlichtes Wort für den winzigen Teil der Theke, der das Wohnzimmer überblickte.

Das Kätzchen schaffte es bis zu seiner Taille und miaute. Er nahm es in den Arm und brachte es zu seiner Schulter, wo es sich schnurrend an sein Ohr schmiegte. Billy stellte die Tüte mit den Leckereien und die Tragehilfe mit den Kaffees ab. Er zeigte darauf. »Da sind extra Milch und Zucker, nur für den Fall, dass ich mich vertan habe.«

»Ich interessiere mich mehr für die Donuts, die du mitgebracht hast. Man kann anhand des Gebäcks, das er wählt, viel über einen Menschen erfahren. Krapfen? Sanft und süß. Schokolade? Voller Energie. Ohne alles? Psychopath, bleib weg. Und wenn du die Spur eines Kleie-Muffins siehst? *Lauf.*« Sie zwinkerte, während sie herumwühlte und ein Gebäckstück nach dem anderen herausholte.

Ahornsirup-Sahne, Blaubeer-Plunder, mit Streuseln, mit Honigglasur, mit Schokoladenglasur und mit Sauerteig.

»Nicht schlecht«, murmelte sie, bevor sie sich für den Plunder entschied. Sie nahm den Deckel von ihrem Kaffee und tunkte ihn hinein. »Mmm.«

Er starrte nur auf ihren Mund. Einen Mund, den er geküsst hatte. Ihr Geschmack verweilte. Sein Verlangen nach ihr war angesichts seiner plötzlichen Erektion ungebrochen. Er ließ die Hände sinken, um die Beule zu bedecken, als kannte sie den Grund dafür nicht.

Brandy wedelte mit ihrem halb gegessenen Plunderstück herum. »Willst du nichts essen?«

»Ich habe keinen Hunger. Ich bin hier, um mich dafür zu entschuldigen, dass ich dich gestern Abend ausgenutzt habe.«

Sie rümpfte schnaubend die Nase. »Das ist lustig. Wenn hier jemand jemanden ausgenutzt hat, dann war ich das. Du sahst einfach so lecker aus. Ich musste ein bisschen Billy Gruff haben.« Sie zwinkerte ihm zu.

Er bemühte sich sehr, nicht zu stottern. »Das darf nie wieder passieren.«

»Nun, das erscheint mir ziemlich grausam, wenn man bedenkt, dass das einige der besten Orgasmen waren, die ich je hatte. Wirklich intensiv.«

Seine Wangen verfärbten sich rötlich. »Äh ...«

»Also wirklich, Detective, wirst du rot?«

»Nein.« Das Lob gefiel ihm, und seine Entschlossenheit geriet ins Wanken. Er musste nur an seine Wohnung und die toten Männer denken, um sie wieder zu stärken. »Hör zu, die letzte Nacht hat Spaß gemacht, aber jetzt ist einfach kein guter Zeitpunkt. Die Typen sind wegen eines Rachefeldzugs hinter mir her, und anscheinend hatten sie es deshalb auf dich abgesehen.«

»Diese Typen sind tot.«

»Es gibt noch einen anderen. Er hat meine Wohnung verwüstet und könnte als Nächstes hinter dir her sein, weshalb du für eine Weile woanders bleiben musst.«

»Wie bitte?« Sie blinzelte.

»Nur für eine Weile, bis ich mich um die Bedrohung gekümmert habe.«

»Oh, *du* wirst das tun.« Sie nahm einen Schluck von ihrem Kaffee. »Ist das nicht frauenfeindlich von dir?«

»Wieso ist es sexistisch, dich in Sicherheit zu bringen?«

»Weil ich auf mich selbst aufpassen kann.«

»Die Wichser, die versucht haben, dich zu entführen, haben Waffen in eine Polizeistation gebracht. Derjenige, der noch lebt, hat meine Wohnung verwüstet. Das ist eine ernste Sache.«

»Dann lass mich dir helfen. Immerhin sind wir Gefährten.«

»Äh, was?« Diesmal klimperte er verwirrt mit den Wimpern.

»Du weißt schon, gepaart. Ich trage deine Markierung.« Sie schob ihren Mantel zur Seite, um ihm den halbmondförmigen Biss zu zeigen.

Oh, verdammt.

»Was das angeht ... das hätte ich nicht tun sollen. Du hast mich gebissen und ich habe irgendwie den Kopf verloren.«

»Und deine Ladung. Völlig normal.« Sie nickte weise.

»Noch mal, tut mir leid. Es wird nicht wieder vorkommen.«

»Natürlich nicht. Jegliches zukünftiges Knabbern wird von der erotischen Art sein. Laut den Büchern, die ich gelesen habe, passiert die Beanspruchung nur beim ersten Mal.«

Er starrte sie an. »Welche Bücher?«

»Lach nicht, aber als ich nicht viel über die ganze Werwolf-Sache herausfinden konnte, habe ich gelesen. Aber außer Liebesromanen scheint es nicht viel zu geben.«

»Du liest Liebesromane über Werwölfe?« Seine Kinnlade würde sich vielleicht nie wieder vom Boden lösen.

»Überwiegend. In einigen ging es um Gestaltwandler, du weißt schon, Leute, die sich in etwas anderes verwandeln können. Ich muss sagen, dass es laut diesen Autoren extrem selten ist, dass sich nur Männer verwandeln können. Bist du sicher, dass es für Frauen nicht machbar ist?«

Er nickte.

»Schade. Ich hätte nichts dagegen gehabt, es auszuprobieren. Aber wenigstens wird es dich trösten zu wissen, dass ich deine andere Hälfte akzeptiere.«

»Nein. Nein, das tust du nicht.« Er wich zurück. »Du. Ich. Wir haben nichts miteinander.«

»Die Bissmarkierung sagt etwas anderes.«

»Das bedeutet gar nichts. Es war ein Versehen.«

»Ich bin sicher, du bist Manns genug, um die Verantwortung dafür zu übernehmen. Schließlich will ich mich ja auch nicht herausreden. Ich gebe offen zu, dass ich dich beißen wollte.«

»Du warst betrunken.«

»Nicht, als wir angefangen haben rumzumachen.«

»Du warst im Halbschlaf«, betonte er schnell und verzweifelt. »Du dachtest zuerst, es wäre ein Traum.«

»Ich sag dir was, jetzt bin ich hellwach. Wollen wir wetten, dass du die Spuren meiner Zähne wieder tragen wirst, wenn wir fertig sind?«, schnurrte sie.

Oh je.

Konnte sie das Entsetzen darüber hören – und das schmerzhafte Verlangen –, sie genau das tun zu lassen?

Sie schnappte sich einen mit Sahne gefüllten Donut und er konnte nicht anders, als zu starren, wie sie sich nach jedem Bissen über die Lippen leckte.

Er räusperte sich. »Sobald Ulric hier ist, breche ich auf, um mich um die Bedrohung zu kümmern.«

»Ah ja, du ziehst los, um deinen Erzfeind zu finden. Wenn du zurück bist, essen wir bei mir zu Hause? Ich sorge für den Wein und das Dessert.«

»Ich werde nicht zurückkommen. Es war ein Fehler, mich überhaupt mit dir einzulassen«, gestand er.

»Ich wusste, dass du das sagen würdest. So vorhersehbar, Billy Gruff. Du willst mich, aber du hast Angst vor mir.«

»Ich habe keine Angst.«

»Sagt der Mann, der vor Intimität weggelaufen ist.«

»Ich habe dir gesagt, dass ich keine Beziehungen eingehe.«

»Weil du mich noch nicht kennengelernt hattest.«

»Du hörst nicht zu.«

»Du hast recht, das tue ich nicht, denn wenn ich eines weiß, Billy Gruff, dann, dass wir beide füreinander bestimmt sind.« Sie kam auf ihn zu, und er wich zurück, bis er gegen eine Wand stieß.

Er schluckte schwer. »Warum solltest du ausgerechnet mich wollen? Ich kann dir keine Kinder schenken, nicht einmal ein Versprechen auf Sicherheit. Ich habe Feinde.«

»Gegen die du nicht allein kämpfen musst. Und was Kinder angeht ... Wir können uns immer einfach noch mehr Katzen holen.« Die an seinem Hals knurrte, als wäre sie nicht einverstanden.

Er änderte seine Taktik. »Ich bin Polizist. Alle hassen Polizisten.«

»Ich habe Männer in Uniform schon immer geliebt.«

Er stieß einen äußerst unmännlichen Laut aus, als sie alle seine Argumente zerstörte und an seiner Entschlossenheit rüttelte. »Ich muss gehen«, brummte er.

»Wohin? Du sagtest doch, deine Wohnung sei verwüstet.«

»Ich habe eine Unterkunft. Weit weg von hier.«

»Dann sollte ich mir wohl besser meinen Abschiedskuss holen, solange ich noch kann.« Plötzlich stürzte sie sich auf ihn und packte ihn am Hemd. Zog ihn dicht an sich heran. Ihr Mund war heiß auf den seinen gepresst, und er war schwach.

Der fadenscheinige Mantel hatte keine Chance. Er öffnete sich bei seiner Berührung, und da sie darunter nackt war, war es nur allzu einfach, sie anzuheben und in sie zu gleiten. Seine Finger gruben sich in ihre Backen, als er sie auf und ab bewegte. Ihre Lippen verschmolzen mit seinen, keuchend und feucht.

So feucht.

Sie glitt perfekt auf ihm auf und ab. Glatt. Eng.

Mein.

Sie kamen zusammen in einem Orgasmus, der seine Beine erzittern ließ. Er schaffte es gerade noch zur Couch, um sie abzusetzen. Er richtete seine Kleidung, während sie lächelnd und ausgebreitet dalag.

»Hmm. Bei so einem Abschied kann ich es kaum erwarten, bis du für mein Hallo zurückkommst.«

»Hast du nicht gehört, was ich vorhin gesagt habe?«

»Du denkst, du kannst weglaufen. Du kannst es versuchen, aber ich garantiere dir, wir sind noch nicht fertig, Billy Gruff.«

Warum musste ihre Drohung so süß klingen?

»Schließ die Tür ab«, war das Letzte, was er sagte, bevor er aus ihrer Wohnung verschwand. Er flog praktisch die Treppe hinunter, während er die Flucht ergriff.

Aber ging er sofort? Nein. Er schlich durch die Nachbarschaft und wartete, bis Ulric kam.

Erst dann ging er davon und machte sich daran, sich einen Schatten einzufangen. Wenn er wollte, dass derjenige ihn jagte, musste er ihm folgen. Billy ging zurück in seine Wohnung. Dann schaute er bei der Arbeit vorbei. Er hielt sogar an seinem Lieblingslebensmittelladen an.

Er sah keinen Schatten, aber das war egal. Er hatte eine sichtbare Spur hinterlassen. Wenn jemand nach Billy suchte, würde er ihn finden.

KAPITEL ELF

Billy lief buchstäblich davon, als würde er tatsächlich von Kanadagänsen gejagt. Ziemlich mutig, wenn man sein ganzes Geschwafel bedachte. *Es war ein Versehen. Ich will keine Beziehung.* Und dann die krönende Ausrede: *Schlechte Kerle sind hinter mir her, also werde ich gehen, um dich zu beschützen.*

Arschloch.

Brandy aß noch einen Donut. Als die Tür – die abzuschließen sie bisher noch zu faul gewesen war – aufschwang, erwartete sie, Billy zu sehen. Denn, hallo, als ihr Gefährte – und laut unzähligen Liebesromanen – sollte er ihr nicht widerstehen können.

Anstelle eines sexy Detectives bekam sie Ulric.

»Oh, du bist es.«

Er zog die Augenbrauen hoch, als er sagte: »Wow, danke, dass du mein Ego so streichelst.«

»Als hätte es irgendein Teil von dir nötig, gestreichelt zu werden.« Sie rümpfte die Nase. »Warum bist du hier?«

»Hat Billy es dir nicht gesagt?«

»Billy hat viele Dinge gesagt.« Die meisten davon waren dumm. So wie er.

»Pack deine Sachen und mach dich bereit für einen aufregenden Aufenthalt im Chez Lanark.«

»Ich gehe nirgendwo hin.« Sie legte ihre Füße auf den Tisch. Verschränkte die Arme. Machte alle kindischen Manöver, die ihr einfielen.

»Wirst du dich auf den Boden werfen und schreiend herumzappeln, wenn ich etwas Schlimmes sage?«

»Vielleicht. Ich sehe nur nicht ein, warum ich meine Wohnung verlassen soll. Die beiden Typen, die hinter mir her waren, sind tot.«

»Es ist immer noch jemand anderes da draußen.«

»Das hat Billy behauptet. Und dann ist er gegangen. Er sagt mir, ich sei in Gefahr. Seinetwegen. Und dann geht er zur Tür hinaus.«

Ulric verzog das Gesicht. »Ich stimme zu, dass seine Entscheidung etwas seltsam war. Aber so ist Billy eben. Er sieht die Dinge anders, weil er Polizist ist.«

»Ein Polizist, der gegangen ist, um sich zum Köder zu machen.« Brandy schwang ihre Füße vom Tisch und lehnte sich schnaubend vor. »Ich kann nicht glauben, dass er wirklich gegangen ist.«

»Wenn es dich tröstet, der Ort, an den er geht, ist ihm sehr vertraut. Er wird dort die Oberhand haben.«

»Oder Pfote. Vielleicht kann er sich auch ohne den Mond wieder verwandeln.«

Ulrics Antwort war unverbindlich. »Vielleicht.«

»Läuft er oft weg?«, fragte sie kühn.

»Eigentlich ist dies das erste Mal. Du hast ihm wohl einen gehörigen Schreck eingejagt mit der Beziehungsgeschichte.«

War sie zu forsch vorgegangen? Pech gehabt. Sie würde nicht lügen, wenn es darum ging, was sie wollte. »Was, wenn der Feind, den er sich geschaffen hat, nie auftaucht? Wie lange wird er sich verstecken?«

»Er kann wahrscheinlich ein oder zwei Wochen locker durchhalten, bevor es mit seinem Job problematisch wird. Er hat hart an seiner Karriere gearbeitet. Ich kann mir nicht vorstellen, dass er sie vergeigt.«

Zwei Wochen. Sicherlich konnte sie so lange warten. Ihm seinen Freiraum geben. Und ihn dann konfrontieren.

»Warum hat er einen solchen Knacks? Und erzähl mir nichts von seinen Eltern. Ein kluger Kerl wie er weiß doch sicher, dass sie für die meisten Beziehungen nicht bezeichnend sind.«

Ulric prustete. »Du würdest dich wundern. Weißt du, in welchem Alter er seine Vasektomie hatte?«

»Er sagte, jung und bevor er etwas über Lykaner wusste.«

»Der Typ hat sich mit einundzwanzig sterilisieren lassen. Ich würde sagen, was immer er mit seinen Eltern erlebt hat, sie haben ihn ordentlich traumatisiert.« Ulrics leise Behauptung brachte sie dazu, auf ihrer Unterlippe zu kauen.

»Aber wie soll er jemals etwas anderes erfahren, wenn er es nicht über ein paar Verabredungen hinaus schafft?«

»Ein paar?« Ulric pfiff. »Auf dem College war Billy bekannt als der One-Night-Stand-Mann. Er schlief nie zweimal mit der gleichen Frau.«

»Also war er eine Hure.«

»Eigentlich war er wählerisch, mit wem er schlief, deshalb kam er wahrscheinlich auch damit durch. Wenn er anfing zu suchen, stürzten sich die Muschis auf ihn.«

Sie rümpfte die Nase. »Zu viele Informationen!«

»Wenn du mich über Billy ausfragen willst, dann bekommst du es aus der Sicht eines Mannes, der auf dem College gefeiert hat. Ich habe ein Jahr länger gebraucht, um einen Abschluss zu machen, den ich nie wirklich gebraucht habe.«

»Was hast du studiert?«, fragte sie.

»Kriminologie, genau wie Billy. Nur dass er mit seinem Abschluss einen Job bekommen hat. Wenn wir mit der Billy-Stunde fertig sind, setz deinen Hintern in Bewegung und pack deine Tasche. Das Spiel beginnt um eins, also haben wir nur ein paar Stunden Zeit, um alle Snacks vorzubereiten, die wir brauchen.«

Der Gedanke an die Vorspeisen – Nachos, Queso, Hähnchenflügel, russische Eier, saure Gurken, Mini-Bagel-Pizzen, Ofenkartoffeln, Karamell-Popcorn – ließ ihr fast das Wasser im Munde zusammenlaufen. Und

Griffins Fernseher hatte eine enorme Größe, da er einen Projektor und eine ausfahrbare Leinwand benutzte.

Aber dann würde sie tun, was Billy wollte. Ein Mann, der kein Problem damit hatte – sehr schnell – wegzugehen.

»Und was ist mit Froufrou? Sie kann nicht in der Wohnung bleiben. Sie könnte entkommen oder irgendwo stecken bleiben.« Kätzchen waren süß, aber dumm.

»Ähm, ich schätze, sie kann bei mir bleiben.« Ulric betrachtete ihr Baby, das sich in dem winzigen Ring aus Sonnenlicht, der auf den Boden fiel, zu einem Ball zusammengerollt hatte.

»Du musst ihre Sachen packen. Katzenklo, Futternapf, Wassernapf, Snackschüssel.« Sie zählte an ihren Fingern ab. »Dann brauchst du das Trockenfutter in der rosa Dose, die gelbe und, wenn es länger als drei Tage dauern soll, auch die blaue. Und die Dosen aus dem Schrank.«

Ulric taumelte auf die Beine und begann, nach den Sachen zu suchen. Brandy ging in ihr Schlafzimmer, zog sich um und packte eine Tasche mit bequemen Klamotten. Plus Toilettenartikel und Snacks, die guten, die sie in ihrem Nachttisch aufbewahrte. Während sie ihre Sachen für ein paar Tage zusammensuchte, dachte sie immer wieder, dass sie etwas vergessen hatte.

Sie war nicht allein. Als sie herauskam, sah sie Ulric, der einen Turm aus Katzenzubehör auf dem

Boden musterte. »Ich habe das Gefühl, dass etwas fehlt«, murmelte der große Mann.

»Das will ich nicht hoffen. Froufrou kann sehr wählerisch sein.« Ihr Kätzchen schnurrte, während es sich zwischen ihren Knöcheln räkelte. Scheinbar glücklich. Wahrscheinlich würde es sich auf sie stürzen, sobald Brandy sich bewegte.

»Ich brauche einen Behälter, um das alles zu tragen.«

»Ich habe wiederverwendbare Stoffbeutel unter der Küchenspüle.«

Sie dachte, er würde weinen, als er sie herauszog und die Größe sah. Handhabbar für jemanden von Brandys Größe.

Er brauchte mehrere Male, da er sie füllen, ausleeren und wieder zurückgehen musste, um sie erneut zu füllen und auszuleeren. Dann musste er ihre Tasche tragen, während sie Froufrou in ihre sehr teure Transportbox lockte, eine große, schicke, goldfarbene Wohnung mit einem beheizten Kissen im Inneren, beruhigendem Duft und einer Geräuschdämpfung zur Entspannung der Katze.

Froufrou hasste das achthundert Dollar teure Gefängnis. Sie fauchte Brandy an.

»Komm schon, Baby. Es ist nur für eine kurze Fahrt.« Ulric kam herein, als sie schmeichelte: »Ich gebe dir ein Fischstäbchen, nicht ganz durchgebraten und stinkend, zum Abendessen.«

»Kannst du sie nicht einfach packen und reinstopfen?«

»Benutzt du deine Hände gern?«, fragte sie recht direkt.

Ihm fiel die Kinnlade herunter.

»Dachte ich mir«, murmelte sie, während sie eine Hand ausstreckte. »Wir müssen eine Autofahrt machen. Du bleibst bei Onkel Ulric.«

»Weißt du, das könntest du auch. Ich habe die ausziehbare Couch«, bot er an.

»Nein danke. Ich bleibe lieber in einem Haus, das nicht nach Pizza und Männerschweiß riecht.«

»Das sind meine Fitnessgeräte. Ich wische sie jedes Mal ab.«

»Ich bleibe beim Luxus, danke. Aber ich werde dich besuchen, also lass uns dafür sorgen, dass keine Frauenunterwäsche auf der Couch oder dem Boden klebt.«

»Ich glaube, meine Wohnung ist mit dem Trocknerschlauch verbunden. Denn wie sollte die Unterwäsche sonst dorthin kommen?«

»Durch deine Verabredungen.«

»Sicherlich gehen sie nicht ohne sie. Warum sollte jemand seine Unterhose zurücklassen?«

»Warum pinkeln Hunde auf Dinge?«

Erneut öffnete sich sein Mund. »Oh. Scheiße. Jetzt scheint es mir ziemlich offensichtlich zu sein.«

»Eine Frage an dich. Warum spielst du den Babysitter für mich, anstatt Billy zu helfen? Wenn jemand versucht, ihm etwas anzutun, sollte dann nicht er beschützt werden?«

»Billy ist ein dickköpfiger Mistkerl.«

»Was du nicht sagst.«

»Und wer sagt, dass er nicht beschützt wird?«

Sie schürzte die Lippen. »Wer ist mit ihm gegangen?«

»Niemand. Er wird beschattet.«

»Von wem? Quinn?«

»Nein, Quinn ist Teil der Gruppe, die auf dich aufpasst.«

»Welche Gruppe? Ich habe erst vor dreißig Minuten erfahren, dass ich aus meiner Wohnung vertrieben werde«, rief sie wütend.

»Planen ist eine meiner Stärken.« Ulric kniete nieder und streckte eine Hand aus. Er spitzte die Lippen, um Kussgeräusche von sich zu geben.

Brandy hätte sich über ihn lustig machen können, aber dann kam Froufrou mit ihrem winzigen Kätzchenbauch herbeigeschlendert. Sie gab ihm einen Kopfstoß, bevor sie sich in seine Hand setzte. Ulric stand langsam mit ihr in der Hand auf und drückte sie eng an seine Brust.

Froufrou verharrte nur einen Moment, bevor sie sich zwischen seine Schulter und seinen Hals schmiegte. Ulric warf der Katze einen Seitenblick zu. »Na, wenigstens können wir jetzt gehen.«

»Du kannst so nicht mit ihr nach draußen gehen. Was, wenn sie abhaut?«

Er zog eine Grimasse. »Hast du keine Leine?«

»Bring sie in die Transportbox«, schlug Brandy süß vor.

»Ich dachte, die hasst sie.«

»Aber sie mag dich.«

»Das tut sie.« Ulric strahlte. »Komm schon, kleines Kätzchen, bringen wir dich – argh!«

Was nun folgte, war der Untergang eines Riesen, denn ein kleines Kätzchen führte Ulric auf eine Verfolgungsjagd, bei der er fast so viele Streifen wie ein Tiger bekam.

Ulric saugte an seinen blutigen Knöcheln und Fingern, während er Froufrou beobachtete, die dasaß und sich grazil eine Pfote leckte. »Ich glaube, wir brauchen einen neuen Plan.«

In dem Moment, in dem er es aussprach, ging das Kätzchen in die Reisewohnung, rollte sich zusammen und schlief ein.

So blieb sie die ganze Fahrt über zu Ulric, der rot wurde, als Brandy auf das Höschen am Deckenventilator zeigte.

»Ich schwöre, das war noch nicht da, als ich gegangen bin.« Während er die Katzenutensilien aus dem Wagen holte, machte Brandy einen Rundgang, um nach gefährlichen Dingen für ein Kätzchen zu suchen. Es gab keine Löcher, durch die man nach draußen gelangen konnte. Die Fenster waren alle geschlossen, und selbst wenn sie offen waren, hatten sie Fliegengitter. Das Gästezimmer mit seinem Computertisch und dem Spielesessel bot genügend Platz für das Katzenklo. Das Futter kam in die Küche. Als sich die Tür der Transportbox öffnete, schlenderte Froufrou heraus und flitzte durch die Wohnung, um alles zu erkunden. Brandy wartete, bis

Froufrou sich niedergelassen hatte und auf dem Kühlschrank schlief, bevor sie mit Ulric zu Maeves neuem Haus fuhr, dessen offene Deckengestaltung mit Löchern für ein Kätzchen zu verlockend war, um sie zu ignorieren.

Auf der Fahrt dorthin fragte sie: »Wärst du lieber bei Billy?«

»Er hat mich gebeten, auf dich aufzupassen.«

»Ich kann auf mich selbst aufpassen«, murmelte sie.

»So wie neulich Abend?«

Ihre Wangen wurden heiß. »Ich wusste nicht, dass ein Fremder mir den Drink hatte bringen lassen, sonst hätte ich ihn nicht getrunken.«

»Tu nicht so, als wäre es eine Gefängnisstrafe. Es wird lustig werden. Wir bestellen uns Essen. Und sehen uns dumme Filme an.«

»Während Billy als leckerer Köder herhalten muss.«

»Ist er lecker?«, neckte Ulric.

»Der beste, den ich je hatte.« Und da Ulric ihr Freund war, zog sie ihr Hemd herunter, um ihm den oberen Teil ihrer Brust zu zeigen. »Sieh dir das an.«

Zu seiner Ehrenrettung zischte er und wandte sich ab. »Was zum Teufel, Brandy?«

»Oh, beruhige dich. Ich zeige keinen Nippel. Sieh es dir an und sag mir, was es bedeutet.«

Ulric drehte sich zu ihr um, sein Blick auf die Bissspur konzentriert. »Das war Billy?«

Sie nickte.

»Na, verdammt. Ich hätte ihn nicht für einen wilden Kerl im Bett gehalten.«

»Aber es ist das, wofür ich es halte, oder?«

»Es ist eine Bissmarkierung.«

»Auch bekannt als Paarungsbiss oder Beanspruchungsmarkierung. Welches Wort benutzt du für einen Lykaner, der beißt, um seine Gefährtin zu kennzeichnen?«

Ulric blinzelte sie an. »Was plapperst du da? So etwas wie einen Biss, wie auch immer du es nennst, gibt es nicht.«

»Wirklich? Oh.« Sie konnte nicht anders, als enttäuscht zu klingen. »Das bedeutet wohl, dass er nicht auf mystische Weise zurück an meine Seite gerufen wird, weil er es nicht erträgt, von mir getrennt zu sein.«

»Oh, er wird zurückkommen. Allein die Tatsache, dass er vor dir weggelaufen ist, anstatt dich als Köder zu benutzen, sagt uns alles, was wir wissen müssen.« Ulric machte eine wirkungsvolle Pause. »Billy ist verliebt.«

Brandy hätte es gern geglaubt, aber es fiel ihr schwer, als auch nach drei Tagen noch niemand etwas von ihm gehört hatte. Ganz zu schweigen von der Tatsache, dass er aus einem bestimmten Grund verschwunden war. Er hatte nicht einmal versucht, sie zu kontaktieren. Er hatte mit ihr geschlafen und sie dann ignoriert.

Das führte zu einer Mitleidseiscreme und viel Herumlaufen. Riesige Fenster ließen viel Licht herein.

Die Küche war mit allem ausgestattet, was sie brauchte, um sich epische Festmahle zu kochen.

Sie beschränkte sich auf McDonalds, die Bäckerei, die Kuchen lieferte, und Pizza. Die Eiscreme war das Einzige, das sie nicht bestellen konnte. Ulric versorgte sie mit Vorräten.

Während sie an dem Löffel lutschte, fiel ihr ein, dass dies der erste Abend war, an dem sie allein war, seit Billy sie verlassen hatte. Ulric hatte gehen müssen, da seine Tante ihn bat, sie zu ihrem wöchentlichen Bridge-Spiel zu fahren. Quinn verspätete sich wegen eines Unfalls auf der Schnellstraße. Die Polizisten versuchten, die Festsitzenden umzuleiten. Sie hatte versprochen, die Türen zu verschließen und sich von den Fenstern fernzuhalten. So dumm. Es würde nichts passieren. Drei Tage lang war nichts Ungewöhnliches passiert.

Plink.

Das Geräusch erschreckte sie so sehr, dass sie aufhörte, die cremige, zuckrige Leckerei in ihren Mund zu schaufeln. Sie warf einen Blick in Richtung Fenster. Nicht dass sie es sehen konnte, da die riesige Leinwand einen großen Teil davon verdeckte.

Tock.

Ein weiteres Klopfen ertönte an der Scheibe.

Wahrscheinlich nur ein Vogel. Definitiv nichts, wovor man sich fürchten müsste. Um es sich selbst zu beweisen, ging sie zur Leinwand und dann dahinter, um aus dem Fenster zu schauen. Auf der Straße vor dem Gebäude fuhr ein einzelnes Fahrzeug, die Straßenlaterne beleuchtete einen leeren Bürgersteig und der Laden –

Peng.

Sie schreckte auf, als etwas gegen das Fenster knallte, durch das sie geschaut hatte.

Ein Vogel?

Moment, war das eine Fledermaus?

Sie kam nicht allein. Als würden sie von dem Erstaunen in ihrem Gesicht angelockt, schlug ein Schwarm geflügelter Kreaturen mit voller Wucht gegen das Glas, sodass es knarrte. Es zersplitterte nicht, aber Brandy wich zurück, denn es hätte nur einen Sprung gebraucht, um die ganze Scheibe zu zertrümmern.

Das Verschwinden außer Sichtweite auf die andere Seite der Leinwand beendete das Trommelfeuer noch. Schlimmer noch, es griff auf die anderen Fenster über. Plötzlich erinnerte sie sich an einen Film, den ihre Großmutter immer gesehen hatte, mit diesem dicken Kerl namens Hitchcock. Ein Name, der sie immer zum Kichern gebracht hatte. Darin griffen Vögel Menschen ohne ersichtlichen Grund an und töteten sie! Sie konnte sich nur vorstellen, dass Fledermäuse noch schlimmer waren.

Plink. Donner. Knack.

Scheiß auf Ulrics Anweisungen. Sie würde nicht in der Wohnung bleiben.

Sie schnappte sich eine Tüte Chips und Wasser sowie eine Decke, als sie durch die neue Sicherheitstür am oberen Ende der Treppe ging. Eine weitere Tür am unteren Ende führte in das Hinterzimmer, das an den Aufenthaltsraum der Angestellten und den kleinen Bunker grenzte. Sie stürmte in den Raum und sah, dass Quinn noch nicht da war.

Niemand saß an dem Schreibtisch mit dem Computer. Oder spielte Karten an dem Tisch mit den vier Stühlen. Die Kaffeemaschine war nicht einmal eingeschaltet.

Klopf. Das Geräusch kam von der Tür zur Gasse.

Sie warf einen Blick auf die Sicherheitsmonitore, die über dem Computertisch angebracht waren. Der über dem Ausgang zur Gasse zeigte niemanden. Dann prallte eine dunkle Gestalt gegen die Tür. Sie erholte sich nicht und schlug auf dem Boden auf, wo sie nur kurz zitterte, bevor sie regungslos wurde. Ihr Scheitern hielt andere nicht davon ab zu versuchen, sich einen Weg hinein zu bahnen.

Warum verhielten sie sich so seltsam?

Als die Stille eintrat, geschah dies so plötzlich, dass es sie erschütterte. Sie stand da, ohne zu atmen, und lauschte.

Das Klopfen hatte aufgehört. Keine weiteren Fledermäuse stürzten sich auf die Monitore. Doch auf dem Bildschirm, der die Gasse überblickte, bildete sich ein Schatten. Ein Schatten, der so tief und dunkel war, dass die ihn aufzeichnende Kamera ausfiel. Der Bildschirm füllte sich mit einem statischen Durcheinander aus grauem, weißem und schwarzem Schnee.

Unheilvolle Scheiße, weshalb sie Ulric eine SMS schrieb. *Ich glaube, ich werde angegriffen.*

Seine Tante brauchte vielleicht eine Mitfahrgelegenheit, aber er hielt ihr trotzdem den Rücken frei. *Du musst zehn Minuten durchhalten.*

Sie würde es versuchen, aber ihre Chancen würden wirklich davon abhängen, was als Nächstes passierte.

Die Kamera an der Vorderseite des Ladens zeigte, dass sich jemand näherte, der einen langen Mantel trug, seine Gesichtszüge mit einer Maske verdeckt hatte und eine Kettensäge mit sich führte.

Nicht gut.

Sie schloss die Augen und öffnete sie wieder. Immer noch eine Kettensäge, und wer auch immer es war, zog an der Schnur, um sie zu starten.

Brumm, brumm. Er ließ sie aufheulen, als er sich dem Eingang des Ladens näherte.

Sie schrieb Ulric erneut eine SMS. *Irgendwelche Vorschläge, wie man eine Kettensäge stoppen kann?*

Wrumm, wrumm. Die Maschine surrte und wimmerte, als sie in die Gitterstäbe schnitt, die die Fenster des Marihuana-Geschäfts schützten.

Versteck dich. Ich bin nur ein paar Minuten entfernt.

Wo verstecken?

Sie schaute sich um und entdeckte keinen Ort, an dem sie sich lange vor einer Kettensäge würde verstecken können. Selbst der sogenannte Bunker hatte nur eine normale Tür.

Krach. Glas zersplitterte, als der Kettensägenschwinger eine Stelle frei machte, die groß genug war, um sie einzutreten.

Jeden Moment würde sie Gesellschaft bekommen. Sie musste etwas tun.

Irgendetwas.

Griffin hatte keine Waffen herumliegen. Ein schockierender Mangel für einen Grasladen, wenn man sie fragte. Da sie wusste, dass sie sich für den Computermonitor nähern müsste, schnappte sie sich stattdessen einen der Stühle, die am Tisch standen. Damit eilte sie nach vorn und holte aus, als die Person sich duckte, um durch das Loch zu kommen, das sie ins Fenster gemacht hatte.

Bumm. Der Typ taumelte. Bevor sie nachdenken konnte, schlug sie zu und traf erneut. Aber das Arschloch ging trotzdem nicht zu Boden!

Schlimmer noch, er lächelte. »Da bist du ja. Komm zu mir.« Er stürzte sich auf sie.

Sie quiekte und holte aus. Es schreckte den Mann nicht ab, der sofort hinter ihr her war.

Es brauchte einige Schläge mit dem Stuhl, bis der Mann auf die Kante der Theke traf und zu Boden fiel. Er stand nicht wieder auf.

Brandy rang nach Luft. Sie keuchte. War entsetzt. Sie umklammerte den Stuhl, nur für den Fall, dass er zuckte.

Ulric kam als Erster an, raste durch die Tür zur Gasse und stürzte hinein, um sie über einem Körper stehen zu sehen. »Brandy, geht es dir gut?«

»Mir, ja. Ihm, nein. Ich glaube, er ist tot.« Sie hatte den Tod schon einmal gesehen. In einem Krankenhaus ließ sich das nicht vermeiden. Aber dies war der erste, den sie aktiv verursacht hatte. »Ich habe ihn mit einem Stuhl geschlagen.«

»Das hätte ihn nicht umgebracht.«

»Ich habe ihn mehrmals geschlagen und er ist hart gegen den Tresen geknallt, als er zu Boden ging.« Ihre Lippen zitterten. Sie war eine Mörderin.

Tröstete Ulric sie? Nein. Der Mann starrte finster auf die Leiche, die Hände in die Hüften gestemmt. »Das ist bedauerlich. Tote können nicht reden.«

»Was hätte ich denn sonst tun sollen? Er hatte eine Kettensäge!« Brandy zeigte aus dem Fenster auf das Ding auf dem Bürgersteig, das eher wie ein ruhender Schwertfisch aussah.

Ulric warf einen Blick darauf. »Das ist eigentlich eine Multisäge, keine Kettensäge. Tolles Werkzeug. Schneidet durch so ziemlich alles.«

»Ich interessiere mich weniger für sein Spielzeug als für sein Motiv. Glaubst du, das ist der Typ, wegen dem Billy sich Sorgen gemacht hat?«

»Das wissen wir erst, wenn wir seine Fingerabdrücke überprüft und herausgefunden haben, wer er ist.«

»Und wie lange wird das dauern? Billy sollte es erfahren.«

»Das werde ich übernehmen, wenn er sich das nächste Mal meldet.«

Brandy schürzte die Lippen bei der Erinnerung daran, dass er durchaus mit jemandem Kontakt gehabt hatte. Nur nicht mit ihr. »Es gibt doch sicher einen einfacheren Weg, ihn zu kontaktieren.«

»Abgesehen davon, zu ihm zu fahren?« Ulric schüttelte den Kopf.

»Ich könnte fahren.«

»Fang gar nicht erst an.« Ulric wackelte mit dem Finger vor ihr. »Du sollst nirgendwo hinfahren, bis wir wissen, dass die Luft rein ist.«

Sie deutete auf den Boden. »Ich habe sie gereinigt.«

»Vielleicht. Was ist, wenn der Multisägen-Mann nichts mit der Billy-Situation zu tun hat?«

»Wirklich? Komm schon, das wäre ja ein toller Zufall, denn er schien nach mir zu suchen.«

»Hat er das? Oder warst du nur zufällig in einem Grasladen, als er eingebrochen ist, um sich Stoff zu besorgen?«

»Er sagte: *Da bist du ja*, was darauf hindeutet, dass er nach mir gesucht hat, und selbst wenn nicht, würdest du wohl aufhören, gegen mich zu arbeiten! Ich versuche, Billy nach Hause zu bringen.« Denn sie vermisste ihn wirklich sehr.

»Ich werde es ihm sagen, wenn er sich das nächste Mal meldet.«

»Oder ich könnte ihn persönlich überraschen.« Sie schenkte ihm ein gewinnendes Lächeln.

Es dauerte eine Stunde, in der sie Ulric bombardierte, bis er schließlich einlenkte und ihr den Weg zu Billys Versteck gab – sowie einen Schatten namens Dorian, der ihr den größten Teil des Weges folgte.

Ob du bereit bist oder nicht, Billy Gruff, ich komme.

KAPITEL ZWÖLF

Die Stadt zu verlassen war feige. Das konnte Billy zumindest vor sich selbst zugeben, auch wenn ihm nicht gefiel, was das über ihn aussagte. Doch welche Wahl hatte er?

Zwischen der Bedrohung für ihn und dem Risiko mit Brandy war er noch nie so hin- und hergerissen gewesen.

Er konnte sich nicht paaren. Er hatte geschworen, dass er niemals so wie seine Eltern werden würde.

Was dazu führte, dass sein Gewissen ihm zuflüsterte: *Du bist nicht wie sie.* Zum einen hatte er kein Alkoholproblem wie sein Vater. Zweitens würde er nie eine Frau oder ein Kind schlagen. Dennoch war er zu Gewalt fähig. Sie lag ihm im Blut, noch bevor sie zu einem akzeptierten Teil seiner lykanischen Natur wurde.

Ich kann töten. Direkt oder mit Hilfsmitteln. Er

hatte es als Mensch und als Bestie getan. Eine Bestie, die wilder war, als Brandy es verstand.

Sie las diese Fantasygeschichten und stellte sich vor, er sei eine Art romantischer Held mit Fell. Die Realität? Der Wolf pulsierte in seiner Brust zum unpassendsten Zeitpunkt und drängte darauf herauszukommen. Und wenn er entkam? Wollte er jagen. Er empfand nichts als Befriedigung, wenn er Schmerzen verursachte.

Freundschaft zählte auch nicht. Er hätte Ulric am liebsten ausgeweidet, nur weil er mit Brandy gesprochen hatte. Mit ihr zusammen zu sein würde diesen Wahnsinn nur noch schlimmer machen. Er erinnerte sich noch immer an die Eifersuchtsanfälle seines Vaters. Für alle bis auf sich selbst wirkte er völlig aus den Angeln gehoben, während er »*Hure!*« schrie.

Brandy verdiente eine normale Beziehung mit einem Mann, der weniger Ballast mit sich herumtrug. Ganz zu schweigen davon, dass sie nicht zu Schaden kommen sollte, weil ein Arschloch eine Rechnung mit dem Polizisten begleichen wollte, der ihn verhaftet hatte.

Wenn du ein Problem hast, dann bring es zu mir.

Deshalb hatte er bei seiner Flucht die größtmögliche Spur hinterlassen, indem er Nachrichten und SMS verschickte. In jedem Laden und Restaurant, das er auf seinem Weg besuchte, sprach er darüber. »*Ich wohne in meiner Hütte am Ende der Harvey's Road.*« Ein merkwürdiger Name, vor allem wenn man bedachte, dass die Recherche nach dem halben Dutzend

Adressen dafür ergab, dass es keinen früheren oder aktuellen Landbesitzer namens Harvey gab.

Ein paar Stunden von der Stadt entfernt lag seine Hütte, die er vor Jahren als Ort gekauft hatte, an dem er für sich sein konnte, so abgelegen, dass seine Freunde sich hier mit ihm treffen konnten und niemand etwas über seine Beziehung zum Rudel erfuhr. Abgeschieden, mit einem Generator für die Zeiten, in denen die Sonne nicht ausreichte. Eine Kläranlage, weil er kein Tier war. Und fließendes Wasser, auch heißes, mithilfe eines Propantanks, dessen Quelle der von ihm gegrabene Brunnen war.

All diese Extras waren die exorbitanten Kosten wert gewesen.

Draußen im Wald verschwanden das Brummen der Stadt und der Fahrzeuglärm, und nachts, wenn man eine freie Stelle zwischen den Ästen fand, wurde der dunkle Himmel von Tausenden von Sternen erleuchtet.

Handys funktionierten nicht wirklich. Man hatte die Wahl, eine Stunde zur Hauptstraße zu fahren oder auf den höchsten Baum in der Nähe zu klettern. Selbst dann war es fraglich.

Kein Ort für eine Dame wie Brandy. Der perfekte Ort für ein Raubtier, das eine Falle aufstellen wollte.

Aber verstand Brandy es? Nein. Sie hatte ihm in den letzten drei Tagen mehrmals eine SMS geschickt. Woher er das trotz des mangelnden Empfangs wusste? Er riss sich förmlich ein Bein aus, um die Nachrichten auf seinem Handy zu überprüfen – indem er sich die

Finger an der Baumrinde aufschürfte, während er hoch hinaufkletterte. Hatte Ulric ihr nicht gesagt, dass der Empfang beschissen war?

Brandys Nachrichten fingen nett an. *Ich vermisse dich schon.* Sie fügte ein paar Emojis hinzu, darunter einen Pfirsich. Das verdammte Ding machte ihn steif.

Die nächsten Nachrichten blieben entspannt und ließen ihn wissen, was los war.

Ich bleibe für ein paar Tage bei Maeve. Irgendwas stimmt mit meinem Wasser nicht. Ich würde mich freuen, wenn du vorbeikommst.

Ich habe gerade das beste Essen der Welt in diesem kleinen Restaurant gegessen. Ich kann es kaum erwarten, es mit dir zu teilen.

Fröhliche und schwungvolle Nachrichten, die er ignorierte.

Am dritten Tag änderte sich der Ton.

Während einige Frauen wütend und böse geworden wären, wurde Brandy netter.

Ich weiß, dass ich dir Angst mache, aber es ist folgendermaßen: Finde dich damit ab, denn ich werde nicht weggehen.

Mich zu ignorieren wird nicht funktionieren.
HÖR AUF, MICH ZU IGNORIEREN!!!
Keine Sorge, Baby, ich werde dich nicht aufgeben.

Sicherlich scherzte sie. Er hatte sich sehr deutlich ausgedrückt. Er wollte sie nicht in seiner Nähe haben. Gleichzeitig war sie sich recht sicher gewesen, dass sie für mehr bestimmt waren.

Nicht, wenn er es vermeiden konnte.

Am vierten Tag, am späten Nachmittag, nahm er sich einen Moment Zeit, um sein Handy zu überprüfen. Keine Nachrichten. Nicht einmal eine gemeine von Brandy. Hatte sie ihn aufgegeben? Wahrscheinlich war es besser so.

Seine Hand verkrampfte sich um sein Telefon, woraufhin es ein unheilvolles Knacken von sich gab. Er steckte es weg und ging los, um seine Fallen zu überprüfen, sowohl die für essbares Fleisch als auch die anderen, die als Warnung dienten. Bisher war noch keine von ihnen ausgelöst worden. So viel dazu, seinen Feind herzulocken. Seit seiner Ankunft hatte er absolut niemanden wahrgenommen. Nicht einmal eine Spur oder einen Geruch. Die Eichhörnchen quiekten den ganzen Tag und nichts schreckte die Vogelschwärme auf.

Da er nichts zu tun hatte, konnte Billy nachdenken. Darüber, wie er Brandy verlassen hatte.

Was sie getan hatten.

Wie gern er es wieder tun würde.

Aber vermutlich hasste sie ihn, nachdem das Sperma noch nicht einmal getrocknet gewesen war, bevor er die Flucht angetreten hatte.

Ich bin ein Arschloch. Und deshalb hatte sie aufgehört, ihm zu schreiben.

Anstatt sich näher damit zu befassen, grübelte er, während er nach seinem Abendessen angelte. Er hatte großes Glück mit dem Fluss, der durch sein Grundstück floss – das er für einen Spottpreis gekauft hatte, da es keine Ausstattungsmerkmale hatte und auch nicht geplant war, jemals für solche zu sorgen. Er kehrte mit einem fetten Zander zu seiner Hütte zurück, als er den leuchtend gelben Wagen zwischen den Bäumen bemerkte. Er verlangsamte seinen Schritt und näherte sich vorsichtig der Hütte. Es erschien ihm unwahrscheinlich, dass sein Feind einfach zu seinem Haus fahren würde.

Vielleicht jemand, der sich verfahren hatte?

Mit vorsichtigem Schritt näherte er sich dem Mietfahrzeug mit dem markanten Logo auf der Nummernschildhalterung, die Augen und Ohren offen. Als Brandy mit Wildblumen in der Hand hinter der Hütte auftauchte, fiel ihm die Kinnlade herunter.

»Brandy? Was zum Teufel machst du hier?«

»Natürlich suche ich nach dir. Ich warte schon ewig darauf, dass du auftauchst. Gut, dass deine Hütte nicht verschlossen war.«

»Warum zum Teufel hast du mich gesucht?« Er konnte weder seine Ausdrucksweise noch seinen Schock unterdrücken.

»Hat dir schon mal jemand gesagt, dass es der Gipfel der Unhöflichkeit ist, eine Frau zu ignorieren, nachdem man Sex hatte, Billy Gruff? Du hast Glück, dass ich weiß, dass es dir gefallen hat und du nur ein Dummkopf bist, sonst wäre ich vielleicht beleidigt gewesen.«

Er blinzelte, während er versuchte, ihre Worte zu verdauen. »Ich habe dir gesagt, dass wir uns nicht mehr sehen können.«

»Als hätte ich kein Mitspracherecht.« Sie schniefte.

»Du solltest nicht hier sein.«

»Willst du wie Ulric sein und behaupten, ich hätte im Wald nichts zu suchen? Denn du sollst wissen, dass ich die Natur liebe«, rief sie, wobei sie die Arme weit ausbreitete. Dann schrie sie auf und fuchtelte wild herum. »Wespe! Wespe! Töte sie!«

»Ich glaube, das hast du schon mit deinem Schrei getan.« Er zuckte zusammen und sie schürzte die Lippen.

»Danke für deine Hilfe. Jetzt, da du mit deinem liebenswerten Sarkasmus fertig bist, warum holst du nicht ein paar Taschen aus dem Kofferraum?«

»Oh nein, das werde ich nicht, denn du bleibst nicht hier.«

»Sei nicht albern. Doch, das tue ich. Du und ich haben noch eine Rechnung offen.«

»Nein, haben wir nicht.«

»Die Bissmarkierung auf meiner Brust sagt etwas anderes.«

»Ein Versehen. Das hat nichts zu bedeuten.«

»Ja, das kann ich sehen. Es bedeutet so wenig, dass du weggelaufen bist und deinen Freunden gesagt hast, sie sollen nichts verraten.«

»Offensichtlich hat das jemand getan, sonst wärst du nicht hier. Sie werden was zu hören bekommen, wenn ich zurückkehre«, war seine düstere Antwort.

»Fang nicht mit deinem Macho-Gehabe an. Es war Ulric, und er hatte keine Wahl, als dein Plan scheiterte.«

»Warte, was? Ist etwas passiert? Geht es dir gut?«
Er suchte sie nach Verletzungen ab.

»Mir geht es gut, aber es war knapp. Irgendein Typ mit einer Elektrosäge war hinter mir her. Und auch ein paar Fledermäuse.«

»Kannst du das langsamer wiederholen?«

»Also, gestern Abend hat ein Haufen Fledermäuse –«

Er unterbrach sie. »Fledermäuse?«

»Ja, diese fliegenden Tiere.« Sie fuchtelte mit den Händen. »Jedenfalls sind sie gegen die Fenster von Griffins und Maeves Wohnung geprallt. Ein paar müssen ausgetauscht werden. Ich schwöre, sie wollten mich umbringen, aber es war gut, dass sie es versucht haben, denn dadurch bin ich ins Erdgeschoss gegangen und habe gesehen, wie der Typ versucht hat, durch das Fenster einzusteigen.«

»Selbst wenn er es aufgebrochen hat, die Fenster sind vergittert.«

»Ja, aber anscheinend ist dieses Sägt-alles-Ding nicht nur laut. Es schneidet auch durch Metall.«

»Warte, er kam mit einer Multisäge?«

»Ja. Und er hat die Gitterstäbe aufgeschnitten und ich dachte nur: *Scheiße, was soll ich tun?*«

»Wo waren Ulric und die anderen?«, knurrte er, als er begriff, in welch großer Gefahr sie sich befunden hatte.

»Ulric ist losgezogen, um seine Tante zu einer Falschspieler-Party zu fahren, und Quinn saß auf der Schnellstraße fest –«

»Du warst allein!« Er brüllte so laut, dass die Vögel in den nahen Bäumen sich plötzlich in die Luft erhoben.

Brandy schien nicht so beeindruckt zu sein. »Ja, ich war allein. So wie ich es normalerweise bin, wenn ich nicht bei der Arbeit bin und nicht der wichtige Teil der Geschichte.«

»Sie sollten auf dich aufpassen, bis ich die Bedrohung beseitigt habe.«

»Falls es dir entgangen ist: Frauenfeindlichkeit ist so was von letztes Jahrhundert, und ich kann genauso gut auf mich aufpassen wie ein Mann.«

»Du bist mit einem Kerl fertiggeworden, der mit einer Multisäge eingebrochen ist?«

»Das bin ich.«

»Wie? Hat Ulric dich mit einer Waffe ausgerüstet?« Überraschend, denn die meisten in seinem Rudel hielten Waffen in einem Kampf für Betrug.

»Wer braucht schon eine Waffe, wenn er einen Prügelstuhl hat?« Sie demonstrierte es, indem sie so tat, als würde sie einen unsichtbaren Stuhl hin und her schwingen. »Ich habe ihn ausgeschaltet, als er durch das Loch geklettert ist, das er gemacht hat.«

»Du hast dich ihm gestellt, anstatt wegzulaufen?«, brüllte er.

»Ich weiß nicht, wo ich deiner Meinung nach hätte hingehen sollen.« Sie schniefte sichtlich verärgert.

»Wie wäre es mit einem Ort, an dem du keinem Verrückten, der ein Elektrowerkzeug schwingt, eine Gehirnerschütterung verpassen musst?«

»Bah. Du machst dir zu viele Sorgen. Ich sagte doch, ich habe mich darum gekümmert. Ein wenig zu gut. Ulric musste die Leiche loswerden.« Sie zog die Mundwinkel nach unten.

Sofort überkam ihn Reue. »Oh, Baby, es tut mir leid, dass dir das passiert ist. Das muss traumatisch gewesen sein.« Fast so traumatisch wie das »Baby«, das ihm herausgerutscht war.

»Weißt du, Ulric hat das Gleiche gesagt, aber ehrlich gesagt geht es mir gut. Ich habe jahrelang in der Notaufnahme gearbeitet. Leichen machen mir nichts mehr aus. Ich habe kein Mitleid mit einem Idioten, der denkt, es sei in Ordnung, sich an einer wehrlosen Frau zu vergreifen.«

»So wie es sich anhört, warst du wohl kaum wehrlos.«

Sie grinste von einem Ohr zum anderen, so zufrieden war sie mit sich selbst. »Nicht wahr? Nur Ulric hat das nicht so gesehen. Er hat mich zusammengeschissen. Er sagte mir, ich hätte mich bis zu seiner Ankunft im oberen Badezimmer einschließen sollen.« Sie rollte mit den Augen.

»Das wäre sicherer gewesen.«

»Wie gesagt, die Frauenfeindlichkeit ist ein wenig nervig. Kann denn niemand sagen: *Gut gemacht, Brandy, du hast den Bösewicht ausgeschaltet?*«

»Gut gemacht, Brandy. Ich weiß nur immer noch nicht, warum du hier bist.«

»Ist das nicht aus meiner Geschichte ersichtlich? Dein nicht so genialer Plan ging nach hinten los. Der

Bösewicht ist dir nicht gefolgt. Er war hinter mir her. Was anscheinend eine wirklich schlechte Idee für ihn war. Aber die gute Nachricht ist, dass die Luft rein ist. Du kannst nach Hause kommen.«

»Das wissen wir nicht mit Sicherheit. Es könnte sein, dass der Kerl, den du niedergeschlagen hast, den Grasladen ausrauben wollte und gar nichts mit meinen Problemen zu tun hatte«, argumentierte Billy.

»Pfft.« Sie machte ein Geräusch. »Falsch. Nicht nur hat er erwähnt, dass er nach mir gesucht hat, sondern er war auch ein Ex-Sträfling, den der einzig wahre Detective Gruff ins Gefängnis gebracht hat.« Sie jubelte, als gäbe es eine Menschenmenge.

»Leck mich.« Billy rieb sich das Gesicht.

»Darauf hoffe ich aufrichtig, Billy Gruff. Vor allem weil ich meinen Pyjama absichtlich zu Hause gelassen habe.«

KAPITEL DREIZEHN

Nach dieser Bombe von Aussage schlenderte Brandy in Richtung seiner Hütte, während er seine Kinnlade vom Boden aufhob.

»Wo willst du hin? Du kannst nicht bleiben.« Nicht jetzt, da sie ihm die Vorstellung eingepflanzt hatte, dass sie es treiben würden.

Am Eingang zu seiner Hütte hielt sie inne. »Ich bin hier. Finde dich damit ab.« Sie ging hinein, als gehörte ihr das Haus, und ließ die Tür offen in der Annahme, er würde ihr folgen.

Er sollte zurück in den Wald gehen. Stattdessen gesellte er sich zu ihr und wurde von einem aromatischen Geruch überrascht.

»Was rieche ich da?«, fragte er, während ihm das Wasser im Mund zusammenlief.

Sie zeigte auf seinen Ofen. »Abendessen.«

»Du kochst?«

»Nur, wenn ich inspiriert bin.« Sie warf ihm ein

Grinsen über die Schulter zu, als sie die Blumen in einem Glas auf den Tisch stellte.

»Das hättest du nicht tun sollen.« Das war nicht das Einzige, was sie getan hatte, während er im Wald gewesen war. Er sah ihre Tasche hinter der Schlafzimmertür, ihre Jacke hing an einem Haken.

»Würde es dich umbringen, dich zu bedanken und versuchen zuzugeben, dass du dich freust, mich zu sehen?«

Er war froh, sie zu sehen. Und es brachte ihn um. »Du gehst gleich morgen früh.« Er wollte zwar, dass sie verschwand, aber es war bereits spät. Die Straßen waren nachts sehr unwegsam, und, nun ja, sie hatte sich die Mühe gemacht zu kochen, und er war nicht der Typ, der Essen verschwendet.

Er wusch sich, während sie herumhantierte. Sie sah hinreißend aus in ihrem Strickpullover, der ihre Hüften umspielte, die wiederum in engen Jeans steckten. Sie hatte ihre kurzen Stiefel anbehalten, eine gute Idee angesichts des feuchten und kalten Bodens. Die Bretter konnten kühl werden, da der enge Kriechkeller keine Isolierung hatte.

Es verblüffte ihn, dass sie stundenlang gefahren war, nur um ihn zu konfrontieren, aber nicht im Zorn. Das war der verwirrendste Teil. Sie schien entschlossen zu sein, seine Ablehnung zu ignorieren. Im Gegenteil, sie hatte angedeutet, dass sie wieder Sex haben würden.

Das wäre ein Fehler. Er hatte schon einmal die Kontrolle verloren. Und obwohl er nicht an diesen mystischen Mist über Paarungsbisse glaubte, war das noch nie zuvor passiert.

Als sie den Tisch deckte, zeigte sie auf eine Flasche auf dem Tresen. »Ich habe ganz vergessen, den Wein zu entkorken. Würdest du?«

Er musterte die Flasche. Rot. Eine Sorte, die er nicht kannte, da er sich meistens an Bier hielt. »Ähm, ich habe keinen Korkenzieher«, gestand er.

Sie warf ihm einen Blick über die Schulter zu. »Ich weiß, Ulric hat gesagt, dass der Ort rustikal ist, aber du hast doch sicher etwas, mit dem wir ihn entkorken können?«

Er zuckte mit den Schultern.

Sie seufzte. »Gut, dass ich eine Frau mit vielen Talenten bin. Ich werde einen Schraubenzieher und einen Hammer brauchen.«

»Du machst Witze, oder?«

Sie griff nach der Flasche, wobei einer ihrer Mundwinkel zuckte. »Glaubst du wirklich, dass ich zum ersten Mal improvisieren muss?«

Er hatte das nötige Werkzeug und in kürzester Zeit schenkte sie ihnen Becher mit Wein ein, da sein schickes Glas von den Blumen besetzt war.

»Du könntest ein paar Dinge gebrauchen, um es hier ein bisschen gemütlicher zu machen«, bemerkte sie, während sie einen Schluck nahm.

Billy rührte seinen nicht an. Als sie das letzte Mal Wein getrunken hatten, hatten sie miteinander geschlafen. »Es soll nicht gemütlich sein.« Manchmal blieb er nicht einmal drinnen, wenn er hier war, da es ihn lockte, draußen zu schlafen, nur mit einem Schlafsack, der ihn warm hielt.

»Es könnte so ein Liebesnest sein. Ein paar große Kissen auf dem Boden. Ein paar Lampen aufhängen, die nicht gleichzeitig versuchen, Ungeziefer zu töten.«

»Klingt eher nach einem Chalet«, brummte er.

»Ganz genau.« Sie strahlte.

Pling.

Sie klatschte in die Hände. »Setz dich und lass dich überraschen. Das Essen ist fertig!«, sang sie.

Billy setzte sich und atmete den Duft von gekochtem Fleisch mit Gewürzen ein. Er konnte es kaum erwarten, sich darauf zu stürzen. Brandy holte eine Platte aus seinem Propan-Ofen und stellte sie auf den Tisch.

Er schreckte zurück. »Ist das Hackbraten?« Sein Magen krampfte sich zusammen, als seine Kindheit in ihm aufstieg, um ihm die Kehle zuzuschnüren.

»Meine Spezialität.« Sie strahlte, aber es verblasste, als sie sein Gesicht bemerkte. »Was ist los? Du bist doch nicht allergisch gegen Gluten, oder? Ich habe nämlich Semmelbrösel im Fleisch verwendet. Außerdem Zwiebeln, Gewürze und Speck.«

All das hörte sich köstlich an, aber er schüttelte den Kopf. »Ich bin nicht allergisch, ich esse nur keinen Hackbraten.«

»Warum nicht?«

»Weil ich ihn nicht mag.«

Sie rümpfte die Nase. »Aber du hast ihn doch noch gar nicht probiert. Ich schwöre, er ist gut.« Sie legte eine Hand auf ihr Herz, die Lippen nach unten gezogen.

Er hatte sie enttäuscht, was ihn quälte. »Meine Mutter hat ihn immer gemacht.« Er hätte sich die Hand vor den Mund schlagen können, als er einen kleinen Teil von sich selbst preisgab.

»Und wenn du ihn siehst, vermisst du sie.«

»Nicht wirklich.«

»Du isst keinen Hackbraten, weil ihrer so verdammt gut war, dass kein anderer mithalten kann.« Sie versuchte eine weitere Theorie.

Wieder eine falsche, also klärte er sie auf. »Meine Mutter konnte absolut nicht kochen, und ihr Hackbraten war besonders widerlich.«

Sie schürzte die Lippen. »Du weigerst dich also, meinen Hackbraten zu essen, weil du als Kind von schlechtem Essen traumatisiert wurdest?«

»Ja.« Denn er würde nicht zugeben, dass es ihn an eine Zeit erinnerte, die er vergessen wollte.

»Reiß dich zusammen. Du isst ein Stück von meinem.«

»Aber ich –«

»Du hast keine Wahl. Hör auf, ein Baby zu sein, und mach dich bereit, deine Geschmacksnerven tanzen zu lassen.«

Sie schnitt ein Stück ab und träufelte eine Art Bratensoße darüber. Dann fügte sie noch Kartoffelpüree hinzu.

Es tat ihm nicht weh zuzugeben: »Das sieht köstlich aus. Es ist ewig her, dass ich etwas Selbstgekochtes gegessen habe.«

»Größtenteils selbst gekocht. Das Püree ist aus einer Packung, wo man nur Milch und Wasser hinzugeben muss. Das ist einfacher, und ehrlich gesagt mag ich es lieber. Ich hasse klumpige Kartoffeln.«

»Ich auch.«

Sie hatte sogar grüne Bohnen mit irgendeiner braunen Zuckermischung zubereitet, die ihnen eine leichte Knusprigkeit verlieh. Das Brot war frisch von diesem Tag.

Und der Hackbraten ... »Der ist verdammt gut.« Er blieb ihm nicht im Hals stecken. Er schluckte ein leckeres Stück nach dem anderen. Er nahm sogar noch einen Nachschlag und konnte es kaum erwarten, morgen zum Mittagessen Reste davon auf Brot zu essen.

Sie hatten nicht viel geredet, während sie das Essen genossen und Wein tranken – denn ja, er schloss sich ihr an. Der Rotwein passte gut zu dem Essen.

Er räumte die Teller ab und ließ heißes Wasser einlaufen, um sie einzuweichen. Während sie abwusch und er abtrocknete – überwiegend, weil er wusste, wo der ganze Kram hingehörte –, sprachen sie.

»Wer war der Kerl, der den Laden überfallen hat?«, fragte er.

»Das hat Ulric nicht gesagt, er hat nur die Verbindung zu den anderen Sträflingen bestätigt, die mich angegriffen haben.«

»Ich kann nicht glauben, dass er es mir nicht gesagt hat.« Er verzog den Mund.

»Woher willst du wissen, dass er es nicht getan hat? Es ist ja nicht so, dass du deine Nachrichten bekommen hast, sonst hättest du sicherlich geantwortet, oder?« Ihr spitzer Blick sorgte dafür, dass er dieses Geheimnis mit ins Grab nehmen würde.

Nach dem Abwasch setzten sie sich nebeneinander auf die abgenutzten, mit kariertem Stoff bezogenen Sessel. Brandy reichte ihm einen frischen Becher Wein und prostete ihm mit dem ihren zu. Sie hatten die erste Flasche noch nicht ausgetrunken.

Vielleicht würde er sich dieses Mal an seine Entschlossenheit halten können. Damit die Dinge zwanglos blieben.

Er brachte ein unbeholfenes »Wie ist es dir ergangen?« heraus.

Sie zog eine Augenbraue hoch. »Nun, ich wurde aus meinem Zuhause vertrieben und von meiner Katze getrennt, da mich jemand gezwungen hat umzuziehen, während er in seine Festung im Wald geflohen ist.«

»Ich habe das getan, um die Gefahr von dir abzulenken.«

»Was gescheitert ist und erledigt wurde. Also, wie sieht der neue Plan aus, jetzt, da ich dich vor dem Bösewicht gerettet habe?«

»Wir wissen nicht, ob das der letzte war.«

»Willst du für den Rest deines Lebens wie ein Verdammter leben?«

»Nein, aber es kann nicht schaden, noch eine Weile vorsichtig zu sein. Ich werde mir etwas einfallen lassen, sobald ich dich in Sicherheit gebracht habe.«

Sie prustete. »Viel Glück dabei. Ich bin nicht stundenlang mit einem Mietwagen gefahren, damit du mich bei jemand anderem ablädst.«

»Du kannst nicht hier bei mir bleiben.«

»Warum nicht?«

Er wedelte mit einer Hand. »Wie du siehst, ist die Hütte nicht groß und es mangelt ihr an jeglichem Komfort.«

»Ich brauche nicht viel. Außerdem ist das Wichtigste schon da.«

»Was?«

»Du.«

Er brauchte einen Moment, um auf das überraschende Geständnis zu reagieren. »Es tut mir leid, Brandy, aber wie ich dir immer wieder sage, wir können kein Paar sein.«

»Warum nicht?«

»Weil.«

»Weil ist keine Antwort. Du hast Angst. Deine Vergangenheit hat dich beziehungsscheu gemacht. Gut für dich, dass ich keine Angst vor meinen Gefühlen oder einer Herausforderung habe.«

»Ich bin nicht der richtige Mann für dich.«

»Ich bin mir ziemlich sicher, dass ich das zu entscheiden habe.«

»Habe ich kein Mitspracherecht?«

Sie lächelte, als sie antwortete: »Nein.«

»Hat dir schon mal jemand gesagt, dass du herrisch bist?«

»Ja. Und du bist störrisch.«

»Ich wäre nicht störrisch, wenn du mir zuhören würdest.«

»Dein Mund sagt das eine, aber deine Augen, dein Körper ...« Sie starrte ihn an. »Die sagen etwas ganz anderes.«

»Oh?«

»Du willst mich, Billy Gruff. Und das macht dir Angst.«

Beides zu leugnen wäre eine Lüge, also wechselte er stattdessen das Thema. »Da du hier übernachtest, kannst du das Bett haben.« Er bot es an, obwohl er wusste, dass die Couch nicht groß genug für ihn wäre.

Sie lachte schallend. »Du bist so niedlich, wenn du den Kavalier spielst. Aber lass uns eine Sache klarstellen, damit wir jeden Unsinn vermeiden können. Du schläfst mit mir.«

»Nein, das tue ich nicht.«

»Du hast recht, das tust du nicht, denn wir werden wach sein und epischen Sex haben.«

»Äh.« Seine brillante Antwort.

»Danke, dass du es nicht leugnest. Ich weiß, dass ich nicht deine Traumfrau bin –«

»Halt die Klappe. Du weißt, dass du heiß bist.«

»Wenn ich so heiß wäre, hättest du mich nicht ignoriert.«

Er versuchte, es zu erklären. »Es liegt nicht an dir, sondern an mir. Und bevor du widersprichst: Es liegt nicht an meiner Mürrischkeit. Ich will wirklich keine Beziehung.«

Sie rollte mit den Augen. »Dann lass uns keine haben.«

»Sagt die Frau, die behauptet, dass wir Sex haben werden.«

»Wir können Sex haben, ohne ein Paar zu sein, weißt du. Das machen die Leute die ganze Zeit. Das nennt man Sexbeziehung. Wir haben unsere eigenen Wohnungen. Vögeln, wenn wir scharf sind. Wir spielen die Begleitperson, wenn der Anlass es erfordert. Und in deinem Fall kannst du dein Rudel sehen, ohne deinen Vorgesetzten erklären zu müssen, warum du mit Drogendealern abhängst. Was jetzt übrigens ein legaler Beruf ist, und diese Art von Diskriminierung sollte nicht toleriert werden.«

»Bei dir klingt das so einfach.«

»Ist es auch, also zieh deine Hose aus.«

Die Hose blieb an, während er idiotischerweise widersprach. »Was ist, wenn du Gefühle entwickelst?«

»Was, wenn du das tust?«, konterte sie.

»Ich habe viel Ballast«, gestand er.

»Haben wir das nicht alle?«, fragte sie. »Ich würde zwar gern behaupten, dass ich eine perfekte Erfolgsbilanz habe, aber das ist offensichtlich nicht der Fall, sonst würden wir dieses Gespräch nicht führen. Um ehrlich zu sein, muss ich zugeben, dass mir schon mal das Herz gebrochen wurde. Und weißt du was? Ich habe es überlebt.«

»Ich will dich nicht verletzen.«

»Du willst mich nicht verletzen?« Sie kicherte. »Weißt du, es ist ziemlich sexistisch, dass du davon ausgehst, ich sei diejenige, die sich verlieben wird. Vielleicht solltest du dir stattdessen lieber Sorgen um dich machen.«

»Ich werde dem niemals erliegen.« Eine dumme Aussage, von der er bereits wusste, dass sie falsch war. Von dem Moment an, in dem er Brandy kennengelernt hatte, war er fasziniert gewesen. Vor Lust.

»Wow, es ist, als wolltest du Amor in Versuchung führen«, schnurrte sie.

»Es gibt keinen Liebesengel.«

»Du glaubst nicht an Amor?« Brandy starrte ihn an. »Alter, es ist, als wolltest du mit dem Pfeil der Liebe in beide Arschbacken geschossen werden.«

»Das wird nie passieren.«

»Warum? Warum hasst du die Liebe?«

»Es ist eher so, dass ich nicht an sie glaube.« Als sie weiter starrte, seufzte er. »Meine Eltern waren angeblich verliebt. Aber es war toxisch. Ständige Streitereien. Fluchen. Gewalt. Jeden Tag.«

»Das muss hart gewesen sein«, sagte sie leise.

»Aber was sie hatten, war keine Liebe. In meiner Welt war Liebe, wie meine Großeltern an ihrem fünfzigsten Hochzeitstag Wange an Wange tanzten. Mein Vater, der meiner Mutter Blumen brachte, einfach weil er es wollte. Meine Mutter, die dem Mittagessen, das sie ihm packte, jeden Tag Nachrichten beifügte.«

»Klingt, als hättest du Glück gehabt.«

»Wie kommst du darauf, dass du das nicht auch haben könntest?«

»Zum einen bin ich kein normaler Mann.«

»Das ist mir klar. Aber was soll's? Zufällig mag ich Hunde. Sogar übergroße, die den Mond anheulen.«

»Ich bin sterilisiert.«

»Ich dachte, wir hätten schon besprochen, dass ich nicht wirklich auf Kinder stehe. Ich bleibe bei Fellbabys.«

»Apropos Haustiere, was ist mit deinem Kätzchen?«

»Ulric passt auf Froufrou auf.« Sie grinste, als sie hinzufügte: »Du solltest das Bild sehen, das er geschickt hat, auf dem sie unter seinem Bart schläft.«

Es hätte ihn nicht eifersüchtig machen sollen. Die Schuld gab er der Tatsache, dass er sich daran gewöhnt hatte, dass das Kätzchen ihn als Kopfkissen benutzte.

»Warum ich?«, war sein letztes Argument.

Sie trat näher und griff nach seinem Hemd, um ihn zu sich zu ziehen. »Weil du derjenige bist, der dafür sorgt, dass mein Höschen feucht wird. Also, wirfst du mich jetzt auf das Bett oder machen wir es hier in deiner Küche?«

»Brandy –«

Sie brachte ihn mit einem Kuss zum Schweigen.

Er hatte nicht die Kraft, sie wegzustoßen. Er hatte widersprochen, obwohl er wollte, was sie ihm anbot. Er versuchte, sich ihr gegenüber anständig zu verhalten, aber letzten Endes war er schwach. Schwach in Bezug auf sie.

Er zog sie dort aus, wo sie stand, und trug sie zum Bett, das hoch genug war, sodass er stehen und mit ihrem Hintern auf der Kante in sie hineingleiten und sie ficken konnte. Er fickte sie hart und schnell, was vielleicht peinlich gewesen wäre, wenn sie nicht zuerst schreiend gekommen wäre. Eine gute Sache, denn er tat es ihr schnell gleich.

Sie wuschen sich und machten sich wieder schmutzig. Sie war schuld. Sie existierte.

Erneut versank er in ihr, ihre Lippen miteinander verschmolzen, diesmal in einem langsameren Tempo, das sie stöhnen und keuchen ließ, als ihr Orgasmus in einem langsamen, aber intensiven Schwall hereinbrach, der ihn ausquetschte.

Danach kuschelten sie vor dem knisternden Feuer des Holzofens auf dem Bärenteppich, den er beim Kauf des Hauses mitbekommen hatte. Sie las einen Roman mit bunten Farben, den sie mitgebracht hatte und den sie als romantische Komödie bezeichnete. Er las einen aktuellen Spionagethriller.

Es war ein friedlicher Abend, wie er ihn sich nie vorgestellt hatte. Er hatte sich nie danach gesehnt, bis er es selbst erlebt hatte.

Sie gingen zusammen ins Bett und schliefen ineinander verschlungen. Sie waren kein Paar, sondern einfach zwei Menschen, die einander genossen.

Was sagte es aus, dass er, der Mann, der Beziehungen ablehnte, wollte, dass es für immer anhielt?

KAPITEL VIERZEHN

BRANDY WACHTE AN EINEN ADONIS VON MANN GEKUSCHELT auf.

Stur.
Überfürsorglich.
Sanft.
Liebevoll.
Und immer scharf.

Sie griff nach unten, um ihn zu packen, woraufhin er leise lachte. »Ich weiß den Gedanken zu schätzen, aber das ist nicht die Art von Ständer, die du suchst.«

»Du ruinierst meine Fantasie, auch mit zerzausten Haaren super begehrenswert zu sein.«

Er vergrub die Nase in ihrem Haar und murmelte: »Du bist immer zu begehrenswert. Das ist genau das Problem.«

Er rollte sich aus dem Bett und pinkelte lieber draußen, als in das kleine Bad zu gehen, das, wie er sagte, an einen Klärbehälter angeschlossen war.

Sie benutzte die Toilette. Putzte sich die Zähne, während sie dort drin war. Als sie wieder herauskam, trug sie nur sein Hemd, das ihr bis zur Mitte der Oberschenkel reichte. Er stand am Herd, wo er eine Pfanne aufheizte. Er warf ihr einen Blick über seine breite Schulter zu. »Klingen Eier und Speck gut?«

»Ich würde Wurst bevorzugen.« Und, ja, sie ließ den Blick sinken.

»Ich habe schon angefangen zu kochen.« Er klang so traurig.

Sie lachte. »Vielleicht nehme ich dann die Wurst zum Nachtisch.«

Er grinste und sah entspannter aus, als sie es in Erinnerung hatte. So viel zu seiner Behauptung, er wolle keine Beziehung.

»Was steht nach dem Frühstück auf dem Programm? Vielleicht etwas, um die Kalorien abzutrainieren?« Sie wusste, welche Art von Sport ihr gefallen würde.

Aber Billy, der darum bemüht war, sie zu vergraulen, gab ihr keinen atemberaubenden Sex, sondern ließ sie Hausarbeiten machen. Nachdem sie ihr Frühstücksgeschirr weggeräumt hatten, gingen sie bei strahlendem Sonnenschein nach draußen.

Sie atmete tief ein. Nieste. Dann kicherte sie. »Ich glaube, ich bin allergisch gegen frische Luft.«

»Du musst nicht bleiben«, schlug er vor.

Sie prustete. »Netter Versuch. Was steht als Erstes auf der Liste?« Sie würde es ihm zeigen!

»Ich wollte etwas Holz hacken.«

»Oh, mit einer Axt auf Dinge einschlagen. Klingt nach Spaß.« Trotz seines skeptischen Blicks nahm sie die Axt in die Hand und begann, die Holzscheite in ihre Einzelteile zu zerlegen. Es war schwieriger, als es aussah. Das Werkzeug war schwer und neigte dazu, stecken zu bleiben oder manchmal abzuprallen.

Sie hielt nur ein paar Schwünge durch, bevor er ihr die Axt wegnahm. »Ich werde spalten. Du stapelst. Wir wollen auf keinen Fall riskieren, dass du dir irgendetwas abhackst.«

Nachdem sie den Holzstapel wieder aufgefüllt hatten, nahm er sie mit zum Angeln. Der Wurm war widerlich und sie bestand darauf, dass er ihn an den Haken steckte, aber sie genoss das Hochgefühl ihres ersten Fangs.

Er kam aus dem Wasser, ein kleiner zappelnder Fisch. »Ich habe es geschafft!«, jubelte sie.

»Gut gemacht. Das wird ein anständiges Mittagessen.«

»Wie bitte?« Erschrocken riss sie ihm den Fisch aus den Händen und warf ihn zurück in den See.

»Warum hast du das getan?«

»Du kannst Herman nicht essen.«

»Du hast dem Fisch einen Namen gegeben?«

»Es schien mir nur richtig, da er mein erster war.« Sie zwinkerte ihm zu.

Er grummelte, also küsste sie ihn. Sie drückte ihren Mund auf seinen, und obwohl er protestierte, stieß er sie nicht weg. Im Gegenteil, er nahm sie auf dem dichten Gras am Seeufer. Dann noch einmal auf dem

Rückweg zur Hütte, mit ihrem Rücken an einen Baum gelehnt.

Beim Abendessen sprach er nicht mehr davon, dass sie gehen würde. Sie vermieden es außerdem, über die Zukunft zu sprechen. Irgendwann würden sie definieren müssen, was sich zwischen ihnen abspielte, aber jetzt noch nicht. Nicht bevor sie ihm gezeigt hatte, wie ein gemeinsames Leben aussehen könnte. Billys dickköpfige Art sorgte dafür, dass sie viel Arbeit vor sich hatte. Aber sie würde es tun, und sei es nur, um Billy Gruff zu beweisen, dass er glücklich sein konnte.

Mit ihr.

Trotz ihrer Behauptung des Gegenteils wollte sie mehr als nur eine zwanglose Sexbeziehung. Irgendetwas an Billy schrie: »Genau richtig«, und sie war nicht der Typ, der leicht aufgab.

Nach einem Abendessen mit Steaks und Bratkartoffeln – die er auf seinem Grill zubereitete – stand sie auf und sagte: »Das war lecker. Aber ich bin immer noch hungrig.« Sie krümmte einen Finger.

»Ich sollte wirklich meine Runde machen und die Fallen überprüfen.«

»Kann das nicht ein paar Minuten warten?«, fragte sie, während sie ihr Hemd auszog und es auf den Boden fallen ließ. Sie warf ihm einen sinnlichen Blick über die Schulter zu, während sie auf dem Weg zu seinem Bett mit den Hüften schwang.

Noch bevor sie es erreichte, stand er hinter ihr und umfasste ihre Brüste. Sein heißer Atem strich über ihren Hals und ihre Ohrläppchen, während er knurrte: »Warum musst du mich so verrückt machen?«

»Weil ich das am besten kann.«

Er beugte sie vornüber und zog ihren Hintern so hoch, dass er in sie hineingleiten konnte. Der Winkel war nicht der beste für sie, und das wusste er. Er zerrte sie zu seinem Sessel, setzte sich zuerst hin und zog sie dann auf seinen Schoß.

Seine Finger fanden ihre Klitoris, als er in sie stieß und sie hart auf seinem Schoß rieb, während sie sich wiegte. Sie grub ihre Finger in seine Schultern, während sie nahm, was er ihr bot, und revanchierte sich, indem sie sich auf ihm auf und ab bewegte, bis sie nach Luft schnappte und wimmerte. Dann übernahm er, seine starken Hände auf ihren Hüften zogen sie vor und zurück, die Reibung an ihrer Klitoris nichts im Vergleich zu dem Druck auf ihren G-Punkt. Sie kam. Hart.

Er küsste ihre Schläfe. »Wirst du überleben, Baby?«

»Gerade noch so. Kannst du mir vielleicht Mund-zu-Mund-Beatmung geben?«

Er lachte leise. »Wenn ich damit anfange, komme ich hier nie raus.«

Er hatte recht. Letzten Endes blieben sie in der Hütte. Auch am nächsten Morgen hielt der Regen sie drin. Im Bett. Nackt.

Es war schon mitten am Nachmittag, als Billy sich anzog, um seine Fallen zu überprüfen. Sie schnippelte ein paar Zutaten für das Abendessen, aber ihre Essensvorräte gingen zur Neige. Sie würden sich bald aus ihrem Nest wagen müssen, um etwas zu essen zu besorgen, aber es graute ihr davor, da sie befürchtete, dass sie das, was sie in den letzten Tagen aufgebaut hatten, zerstören würden.

»Kommst du oder bleibst du hier?«, fragte er, während er seine Stiefel anzog.

»Ich dachte, ich wäre schon gekommen«, neckte sie. »Aber ich bin bereit, noch einmal zu kommen.«

»Lass mir etwas Haut an meinem Schwanz, ja?« Er kam nahe genug heran, um sich für einen Kuss zu ihr zu beugen. »Wenn wir Glück haben, bringe ich etwas Fleisch für unser morgiges Abendessen mit.«

»Du kannst auch jederzeit mich essen«, bot sie an.

»Mmm. Das werde ich vielleicht. Zum Nachtisch.« Er zwinkerte.

Diese spielerische Seite gefiel ihr außerordentlich. »Sind deine Fallen weit weg?«

»Einige schon, aber ich wollte nur die nächstgelegenen überprüfen.«

Sie konnte der Gelegenheit nicht widerstehen, Zeit mit ihm zu verbringen und ihn in seinem Element zu sehen. »Gib mir eine Sekunde, um mir etwas anzuziehen.«

»Du kommst mit?« Er klang überrascht. »Was ist mit dem Essen?«

»Das kann ich fertig machen, wenn ich zurückkomme.«

»Zieh dich warm an. Im Wald kann es kühl

werden, besonders wenn sich die Sonne hinter Wolken versteckt.«

Sie zog ihre Jeans, ein T-Shirt sowie einen Pullover an, dann ihren Mantel, den sie offen ließ. Warme Socken und ihre Stiefel vervollständigten das Ensemble. Billy wartete draußen in abgewetzten Jeans, einer karierten Holzfällerjacke und einer Baseballmütze auf sie. Außerdem hatte er sich ein Gewehr über die Schulter gehängt. Auf der anderen Schulter trug er einen Rucksack.

»Bist du bereit?«, fragte er.

Sie nickte. Wie dumm von ihr, sie hatte einen idyllischen Spaziergang durch den Wald erwartet, der zu einer blumenübersäten Lichtung führte. Die Realität bestand aus Baumwurzeln und rutschigen Laubhaufen. Löcher, die ihr den Knöchel zu brechen drohten. Äste, die ihr Haar angriffen und sie ins Gesicht schlugen. Billy tat sein Bestes, ihr zu helfen, indem er sie auffing, bevor sie fiel. Manchmal hielt er sogar die Äste fest, die ihre zarte Haut peitschen wollten.

Was die blumigen Lichtungen anging, von denen sie erwartet hatte, dort Sex zu haben? Dort wuchsen nur dürres Gras und stacheliges Unkraut.

Sie rümpfte die Nase.

»Was ist los?«, fragte er.

»Durch die Filme habe ich wirklich etwas anderes erwartet. Und etwas Wärmeres.« Das feuchte Frösteln versuchte, sich in ihren Knochen festzusetzen.

»Willst du zurückgehen?«

Er bot es nur an, weil sie ein Weichei war. Sie

bestätigte Ulrics Behauptung, dass sie keine Frischluftfanatikerin sei – Billy hingegen schon, und Billy zu beeindrucken hatte für sie oberste Priorität.

»Mir geht's gut. Geh voran.« Sie wedelte mit der Hand, auch wenn sie sich fragte, wie lange ihre armen kleinen Füße noch durchhalten würden. Ihre Stiefel waren für Regentage in der Stadt gedacht, nicht für Wanderungen durch den Wald.

Die Überprüfung der Fallen erwies sich als wenig aufregend, denn sie waren alle leer, anders als der Himmel, der sich mit dunklen Wolken füllte.

Sie beäugte sie ängstlich. »Das sieht nicht gut aus.«

Er packte sie bei der Hand. »Ich kenne einen Ort, an dem wir den Sturm aussitzen können.«

Inzwischen würde sie wahrscheinlich überall hingehen, wo er sie hinführte, es sei denn, sie müsste ihn verlassen. Die Zeit mit Billy bestätigte ihr nur umso mehr, dass sie füreinander bestimmt waren.

Liebende.

Partner fürs Leben.

Kumpel in den Wäldern.

Wovon sie noch nicht angetan war.

Für sie sprach nur, dass sie an seiner Seite ging.

Er brachte sie zu einer Höhle, in der die Überreste einer Feuerstelle lagen, deren Rauch die Luft durchdrang.

»Ich nehme an, du hast hier schon mal kampiert.«

Er nickte. »Während der Jagdsaison ist das ein guter Platz. In dieser Gegend gibt es viele Rehe.«

»Ich weiß nicht, ob ich das essen könnte.«

»Du isst doch schon Fleisch. Wildbret ist Fleisch.«

Eine Einstellung, die sie würde versuchen müssen. Sie war damit aufgewachsen, die Grundlagen zu essen. Es war nicht leicht, sich aus ihrer Komfortzone herauszuwagen.

»Hast du vor, hier dauerhaft zu leben?«

»Nein.«

Eine überraschende Antwort. »Warum nicht?«

»Weil es ziemlich abgelegen ist, falls du es noch nicht bemerkt hast. Selbst ich brauche irgendeine Art von Gesellschaft.«

»Oh.« Sie legte den Kopf schief. »Ist es schwer, nicht Teil deines Rudels zu sein?«

»Ja. Aber die Sache ist die, ich weiß, dass es in dem Moment, in dem ich mich entscheide, den Dienst zu quittieren, einen Platz für mich geben wird.«

»Und gibt es in deinem Leben einen Platz für mich?«, fragte sie.

Sein Mund öffnete und schloss sich, bevor er antwortete: »Ich dachte, das wäre nur zwangloser Sex.«

»Hast du das ernsthaft mit unbewegter Miene gesagt?«

»Du hast mir gesagt, dass es nur das sei.«

»Und das hast du geglaubt?« Sie konnte an seinem Gesicht sehen, dass er wollte, dass es der Wahrheit entsprach. Er wollte nicht zugeben, dass er möglicherweise Gefühle entwickelte. Also bewies sie es. »Vielleicht sollte ich gehen. Wenn du mir nicht gibst, was ich will, warum sollte ich dann meine Zeit verschwenden? Es gibt eine Menge Männer da draußen. Männer, die gern eine Frau hätten, die einen guten Hackbraten zubereiten kann.«

»Nein!« Er brüllte das Wort förmlich.

»Warum nicht? Ich bin dir doch völlig egal«, spottete sie.

»Warum tust du das?« Er packte Brandy und zog sie an sich.

»Weil du nicht weiter etwas vortäuschen kannst.«

»Warum nicht?«, grummelte er.

»Weil ich etwas Besseres verdient habe.«

Das ließ ihn erstarren, und für einen Moment dachte sie, sie hätte ihn verloren. Stattdessen presste er seinen Mund auf den ihren, was nur das festigte, was sie bereits wusste.

Ich liebe dich.

Leider sprach sie es laut aus.

KAPITEL FÜNFZEHN

Es war ein nasser Spaziergang zurück zur Hütte. Ein ruhiger auch, da Brandy diese Bombe hatte platzen lassen.

Sie liebt mich.

Vermutlich war es ihr nur versehentlich herausgerutscht. Eine beiläufige Aussage. Sie hatte es nicht wirklich ernst gemeint.

In der Hütte räusperte er sich. »Du solltest dir die nassen Sachen ausziehen.«

Sie hielt in der Tür inne. »Kommst du nicht mit rein?«

»Gleich. Ich habe die Ostseite nicht überprüft, aber das sollte ich wirklich tun. Ich werde vor dem Abendessen zurück sein. Schließ die Tür ab. Öffne sie für niemanden. Benutze das Signalhorn, falls jemand auftaucht.«

Warnungen und Schutz, weil er nicht bleiben konnte. Er floh ohne Skrupel. Das musste er auch, denn er brauchte Zeit, um zu überlegen, wie er mit der Situation umgehen sollte. Noch nie hatte sich ihm eine Frau erklärt.

Er hatte es nie gewollt. Er wäre entsetzt gewesen. Aber ...

Dies war Brandy. Die Frau, die in sein Leben und in sein Bett geschlüpft war und dafür gesorgt hatte, dass er sich beides nicht mehr ohne sie vorstellen konnte.

Und damit konnte er nicht umgehen. Also floh er mit einer schwachen Ausrede.

Die Fallen wiesen keine Anzeichen von Manipulation auf. Im Gegenteil, er sah keine Hinweise auf irgendwelche Lebewesen in der Nähe. Keine Tierspuren, keine Vogelstimmen, nur das Summen von Käfern, die sich durch nichts einschüchtern ließen.

Es konnte die natürlicherweise stille Nacht sein. In diesen Wäldern gab es außer Menschen und Lykanern noch andere Raubtiere, vor allem Bären, aber auch ein großer, aggressiver Bock oder Elch – der schon allein durch seine Größe einschüchternd wirkte – hätte hier durchgekommen sein können.

Er roch nichts. Seine menschliche Nase war nicht gerade ideal für feines Schnüffeln, aber er hatte keine Ahnung, wie er sich ohne den Einfluss des Mondes in seinen Wolf verwandeln konnte, und er wollte es auch nicht. Der Mangel an Kontrolle war nichts, was man fördern sollte.

Doch in diesem Moment störte ihn seine Unfähigkeit, richtig zu riechen. Die Welt um ihn herum fühlte sich ohne die üblichen Gerüche unnatürlich an. Er hockte sich auf den Boden und strich mit den Fingern über die feuchten, gefallenen Blätter. Es half ihm, sich zu erden. Er überlegte, wie er weiter vorgehen sollte. Die verschiedenen Fallen, die er aufgestellt hatte, blieben unausgelöst. Feine Spinnennetze hingen zwischen den Bäumen. Das Laub lag in einem bestimmten Muster. Nicht alle Fallen richteten Schaden an. Einige dienten der Warnung. Es hätte ihn beruhigen sollen, dass keine einzige ausgelöst worden war. Stattdessen weckte es seine vorsichtige Seite.

Was, wenn jemand in diesen Wäldern jagte? Jemand, der schlau genug war, um all den raffinierten Fallen auszuweichen. Jemand, der ihm möglicherweise einen Schritt voraus war.

Panik überkam ihn, nicht wegen ihm selbst. Er hatte Brandy allein in der Hütte zurückgelassen. Die Tür war abgeschlossen. Sie würde nicht lange gegen jemanden standhalten, der entschlossen war, aber in einem Kampf zählte jede Sekunde.

Ich hätte sie nicht allein lassen sollen. Gleichzeitig wusste er, dass sie ihm nicht nur in den Arsch treten würde, weil er meinte, sie sei zu zerbrechlich, um allein zu bleiben, sondern auch, dass er sich selbst in den Arsch treten würde, weil er seine eigenen Verhaltensregeln nicht befolgt hatte.

Die Grundstücksgrenze überprüfen. Sich vergewissern, dass sie nicht durchbrochen wurde. Es gab nur zwei Möglichkeiten, an diesen Ort zu gelangen. Entweder durch eine tagelange Wanderung durch die Wildnis, die einen Berg, einen Fluss sowie ein Sumpfgebiet umfasste, was selbst er nie versuchen würde. Oder indem man auf der einzigen Straße dorthin fuhr. Eine Straße, die er an einem ruhigen Tag aus einer Entfernung von mindestens zwei Kilometern hören konnte. Der Wind war völlig abgeflaut, sodass die Feuchtigkeit in der Luft schwer war, niedergedrückt von den grauen, wütenden Wolken über ihm.

Ich sollte umkehren.

Er sollte aufhören, so dramatisch zu sein. Weniger als eine Stunde war vergangen und es gab kein Anzeichen von Gefahr. Er blieb nahe genug, um zu hören, wenn sie nach ihm rief. Die Frage war nur, ob sie es tun würde. Brandy hatte nichts gegen einen Kampf einzuwenden. Sie war eine zähe Frau mit weichem Herzen. Das waren nur zwei der vielen Dinge, die er an ihr liebte.

Würg.

Keuch.

Billy schwankte auf den Füßen, da ihm plötzlich schwindelig war.

Das konnte keine Liebe sein. Er sollte nicht lieben.

Und doch ... Wenn er versuchte, sich ein Morgen ohne Brandy vorzustellen, erschien es ihm trostlos und sinnlos. Sie hatte Sonnenschein in sein Leben gebracht, und jetzt, da er sich in ihrer Wärme sonnte, wollte er sie nicht verlieren.

Vielleicht erklärte das die Anspannung in ihm. Die Überzeugung, dass in einem Wald, der keinerlei Bedrohung darstellte, etwas nicht stimmte, und doch blieb sein Magen verknotet.

Scheiß drauf. Er war lange genug hier draußen gewesen, ganz zu schweigen davon, dass der ganze Grund für seine Flucht – ihre Liebeserklärung – jetzt überflüssig schien, da er sich endlich eingestand, was er schon längst hätte wissen müssen.

Ich liebe Brandy Herman.

Er steuerte auf die Hütte zu, mit zügigem Schritt und nach links und rechts schwingendem Kopf, um Ausschau nach Anzeichen jeglicher Bewegung oder Farbe in dieser gräulichen Umgebung zu halten.

Plitsch. Platsch. Plopp. Ein dicker nasser Tropfen rollte von einem Blatt auf seine Nase, als der Regen einsetzte. Das Plätschern beim Aufprall auf die Blätter war nur der Vorbote dafür, wie es sich zu riesigen Regentropfen zusammenschließen würde, die wie nasse Bomben einschlugen. Kalte Bomben.

Billy fröstelte, als er den Stamm der riesigen Eiche passierte, der er den Spitznamen *Titan* gegeben hatte. Er verlangsamte seinen Schritt und blickte von der knorrigen Rinde am Fuß mit den Graten, auf denen er stehen konnte, zu den ausladenden Ästen hinauf. Äste, die dick genug waren, um einen Mann zu tragen. Aber wenn Billy kletterte und das Glück auf seiner Seite war, könnte er vielleicht sogar an einem bewölkten Tag einen Balken auf seinem Handy sehen.

Er hatte sich nicht mehr gemeldet, seit … Wann hatte er das letzte Mal seine Nachrichten geladen? Seit ihrer Ankunft war er so abgelenkt gewesen. Er sollte sicherstellen, dass nichts passiert war.

Trotz des leichten Regens packte er den Baumstamm und begann zu klettern. Er umklammerte die raue Außenseite des riesigen Baumes, erreichte einen Ast und musste von dort aus überwiegend große Schritte tun, um so hoch klettern zu können, wie er es wagte. Erst dann richtete er sich auf, Kopf und Schultern durch nasses Laub gesteckt, während ihn die Wasserrinnsale durchnässten. Der Regen prasselte auf seinen Scheitel und sein Gesicht, als er leicht aus den Ästen ragte, zwar nicht ganz in der Spitze des Baumes, aber immer noch höher als der größte Teil des Waldes.

Er kramte in seiner Innentasche mit Reißverschluss. Sie war wetterfest und enthielt auch Streichhölzer, einen Feuerstein sowie fünfzig Dollar. Der Akku des Handys war noch fast voll aufgeladen, da er es immer ausgeschaltet hielt. Das verhinderte nicht nur die Ortung durch jemanden, der einen Satelliten clever einzusetzen wusste, sondern schonte auch den Akku.

Das Handy schaltete sich ein, und als der Anmeldebildschirm erschien, gab er seine PIN ein. Kein Daumenabdruck und keine Gesichtserkennung für ihn. Er wollte etwas, bei dem er bei vollem Verstand und willens sein musste. Auf dem Startbildschirm war nichts Neues zu sehen, nur das Empfangssymbol am oberen Rand des Telefons blinkte, als es ein Signal suchte. Als es sich schließlich stabilisierte, hatte er mickrige 3G erreicht – kaum einen Balken.

Er sollte sich wirklich überlegen, eine Schüssel installieren zu lassen. Vielleicht auch bessere Sicherheitsmaßnahmen in Form von Wildkameras. Solche, die mit dem Mobilfunknetz verbunden waren und mit Solarenergie betrieben wurden. Sie lieferten fast sofort Bilder oder Videos.

Woher kam das plötzliche Interesse an einer Aufrüstung? Brandy. Ein Stadtmädchen wie sie wollte vielleicht ein paar Annehmlichkeiten haben. Internetzugang wäre eine der einfacheren Möglichkeiten, falls er investieren sollte. Es wäre schön, sich in einer dunklen, stürmischen Nacht einen Film ansehen zu können.

Sein Telefon begann zu piepen, als sich die E-Mails in seinem Postfach stapelten, ebenso wie ein paar SMS.

Die konnte er später lesen, falls nötig. Er hatte einen einzigen Balken, wen sollte er anrufen?

Noch bevor er die Frage in seinem Kopf zu Ende formuliert hatte, suchte er nach Ulrics Nummer. Ulric wäre nicht nur am besten informiert, Billy könnte ihn auch dafür zusammenscheißen, dass er Brandy allein hierher hatte kommen lassen. Es hätte so gefährlich sein können. Nicht nur wegen der Unfälle – denn die Wildtiere hier draußen wurden riesig –, sondern auch, weil sie unterwegs hätte entführt werden können. Auch wenn der Typ in der Stadt erledigt war, hieß das nicht, dass es nicht noch andere gab, die Billy mit allen Mitteln schaden wollten.

Klingeling. Sein Telefon klingelte drei-, viermal. Es klickte in der Leitung und Billy erwartete, auf der Mailbox zu landen. Stattdessen ging Ulric ran.

»Detective Gruff. Was für eine angenehme Überraschung.«

Seltsame Begrüßung. Hörte jemand mit?

»Wie ich schon auf der Hochzeit gesagt habe, nenn mich Billy.« Für den Moment spielte er mit.

Eine Stimme dröhnte und Ulric brummte: »Entschuldige den Hintergrundlärm. Ich bin im Supermarkt.«

Ah. Das erklärte, warum Ulric so zurückhaltend sprach. »Klingt nach Spaß.«

»Eher nach einer Notwendigkeit. Ich schätze, da du jetzt mit der besten Freundin der Frau des Chefs zusammen bist, werden wir dich öfter im Laden sehen.«

»Ja, sie haben mir schon mit einem Pärchenabend gedroht.«

»Apropos Pärchen, wie geht es Brandy? Ich habe keinen Mucks mehr gehört, seit sie zu dir gefahren ist. Ich gehe davon aus, dass sie es in die Provinz geschafft hat.«

»Brandy geht es gut. Wir amüsieren uns prächtig. Es ist schön, den Wald ganz für uns allein zu haben. Die Stadt kann so chaotisch sein. Aber das ist nicht der Grund, warum ich anrufe. Sie macht sich Sorgen um ihre verdammte Katze, kann aber nicht anrufen, weil der Empfang miserabel ist, wenn man nicht eine Stunde fahren oder auf einen Baum klettern will.«

Ulric hustete. »Bist du auf einem Baum?«

»Ja.«

Das brachte ihm ein wohlverdientes Lachen ein. »Du musst sie wirklich mögen.«

Billy errötete, ganz allein, auf einem verdammten

Baum. »Ähm, es geht nur darum, sie wegen der Katze zu beruhigen. Wie geht es dem kleinen Ding?«

»Ihrer Hoheit geht es fantastisch. Sie hat Gefallen an meinem Schlafzimmer gefunden. Besonders an meinem Kopfkissen.«

»Es muss Spaß machen zu schlafen.«

»Ich habe versucht, in regelmäßigen Abständen Nickerchen auf der Couch zu machen, die mit ihrem Fütterungsplan übereinstimmen. Das funktioniert ganz gut, denn jetzt denke ich daran, ihr das Essen hinzustellen, bevor sie hungrig und kratzbürstig aus dem Schlaf erwacht.«

Billy erwiderte trocken: »Dir ist schon klar, dass du mehr als neunzig Kilo schwerer bist als diese Katze.«

»Ja, und ich bin beeindruckt von der Fähigkeit Ihrer Hoheit, dafür zu sorgen, dass ich jedem ihrer Befehle gehorche. Es ist irgendwie beängstigend, wenn ich ehrlich bin.« Ulric klang aufrichtig, und Billy wollte am liebsten lachen, aber er hatte nicht des Amüsements wegen angerufen.

Da er wusste, dass Ulric in der Öffentlichkeit war, mäßigte Billy seine Worte. »Ich habe gehört, dass neulich ein Einbruchversuch stattgefunden hat.« Er machte sich keine Gedanken darüber, es zu erwähnen, da Brandy ihm sicher davon erzählt hätte, zumal es sich nicht so leicht verbergen ließ. Abgesägte Sicherheitsgitter und ein zerbrochenes Fenster würden auffallen, selbst wenn sie schnell repariert wurden.

»Ja. Wir haben ein Video, bevor er die Kameras zerschlagen hat. Wir hatten genügend Material von dem Täter, damit die Polizei ihn identifizieren konnte. Franklin Gregor. Ein Ex-Häftling. Gerade aus dem Gefängnis entlassen. Ich bin überrascht, dass du es nicht gehört hast.« Ulrics Stimme senkte sich um eine Oktave, als er hinzufügte: »Anscheinend war er mit den beiden Typen befreundet, die letzte Woche in der Polizeistation die Waffen gezogen haben.«

Der Name bestätigte nur, was Brandy ihm erzählt hatte. Er erinnerte sich an Franklin Gregor. Er hatte ihn mit seinem Meth-Labor erwischt, zum Glück bevor es in die Luft flog.

Wenn jemals jemand eine Gefängnisstrafe verdient hatte, dann Gregor. Er war ein echtes Stück Scheiße und war schon zu oft verhaftet worden, um es mühelos aufzuzählen, angefangen in seiner Jugend. Brandy angreifen, mit anderen zusammenarbeiten, um Gewalt auszuüben? Billy glaubte das, allerdings bezweifelte er, dass Gregor der Kopf hinter einem solchen Rachefeldzug war. Er hatte nicht die Persönlichkeit, um auch nur eine Kakerlake dazu zu bringen, sich seiner Sache anzuschließen. Im Gefängnis wäre Gregor ein Mitläufer gewesen, genau wie die anderen beiden. Damit blieb die Frage: Wer war ihr Alpha?

Nicht nur Wölfe hatten sie. In der Welt der Menschen gab es Leute, meist Männer, die es schafften, andere zu überzeugen, ihnen zu folgen. Man denke nur an einen Diktator und seine eifrigen Soldaten oder an Sekten und ihre Anbeter, die ihre neue Religion ohne Skrupel annahmen.

Jemand mit Charisma konnte andere überzeugen,

seinen Willen zu befolgen. In diesem Fall: Billy Gruff verletzen, indem Brandy wehgetan wurde.

Aber wer?

»Verdammt, das ist verrückter Scheiß«, antwortete Billy schließlich. »Wenn wir wissen, wer es ist, ist der Kerl wenigstens leichter zu fassen.«

»Das sollte man meinen, aber die Bullen haben ihn immer noch nicht gefunden.« Mit Umwegen erzählte Ulric, dass die Leiche auf eine Art und Weise entsorgt worden war, die nicht mit ihnen in Verbindung gebracht werden konnte.

»Schade, dass es ein Interessenkonflikt wäre, wenn ich mir deinen Fall anschaue.«

»Pah. Wir brauchen keine besonderen Gefallen. Ich mache mir nicht wirklich Sorgen um einen Kleinkriminellen. Außerdem ist er abgehauen, bevor er etwas stehlen konnte.« Ulric hielt inne. »Wann kommst du zurück?«

»Ich weiß nicht. Das Wetter ist ziemlich beschissen. Ich überlege, ob wir den Rest der Woche bleiben oder morgen nach Hause fahren sollen.«

»Bleibt. Das Wetter ist hier auch nicht besser.« Sollte heißen, dass die Gefahr weiterhin bestand.

»Sagt der Mann, der versucht, die Zuneigung einer Katze zu gewinnen.« Billy lenkte das Gespräch wieder auf entspanntere Themen.

»Sie liebt bereits – argh.«

Aufgrund des schrillen Schreis rief Billy: »Ulric?«

»Mir geht's gut. Nur ein paar Kratzer«, schnaubte Ulric, bevor er sich räusperte und murmelte: »Meine eigene Schuld. Ich habe Ihre Hoheit zu lange im Wagen gelassen. Zu meiner Verteidigung: An der Fischtheke war viel los.«

»Du hast ihrer Katze frischen Fisch besorgt?«

»Nur das Beste für die Prinzessin.«

Billy lachte leise. »Sie hat dich so was von um den kleinen Finger gewickelt. Ich sollte Schluss machen. Der Regen wird stärker und Brandy kocht etwas, das ich von hier aus riechen kann.« Ein Hauch von duftender Köstlichkeit.

»Ist es ihr Chili? Sie macht ein fantastisches Chili mit vielen scharfen Gewürzen.«

Sei nicht eifersüchtig. Billy tat sein Bestes, sein Handy nicht zu zerquetschen, als er sagte: »Sie muss nichts kochen, um mich scharf zu machen.«

Mit diesen Worten legte er auf. Dann fiel ihm angesichts seiner selbst die Kinnlade herunter. So ... gleichgültig war er noch nie gewesen. Ulric muss sich fragen, was zum Teufel los war.

In der Tat, was zum Teufel. Billy verliebte sich nur. Er tat es Hals über Kopf.

Er kletterte den Baum hinunter und landete auf dem feuchten Boden, wobei ihm die Stille auffiel. Während er zwischen den Ästen saß, hatte er sich mehr auf sein Telefon als auf seine Umgebung konzentriert. Doch jetzt, inmitten der von Nebelschwaden umhüllten Baumstämme, herrschte eine unnatürliche Stille, kein Wind oder Rascheln von Laub. Noch bedrohlicher? Das Fehlen summender Käfer.

Die Haare in seinem Nacken richteten sich auf.

Trotz des Mangels an Beweisen hätte er schwören können, dass er nicht allein war. Mit vorsichtigen Schritten ging er auf die Hütte zu, auch wenn er darüber nachdachte, sich zu entfernen. Wusste die Person – das *Ding* –, das ihn verfolgte, dass sie dort war?

Wenn ja, wäre es für Brandy nützlicher, sich der Hütte zu nähern. Er beschleunigte seinen Schritt, halb geduckt und wachsam. Sein Gehör schärfte sich. Sein Blick fokussierte sich neu. Die Gefahr für Brandy ließ ihn innerlich pulsieren. Die Bestie wollte helfen. Äußerst beharrlich.

Nur nicht genug, um sich zu verwandeln.

Die Sache mit dem Lykaner-Dasein war, dass der Wolf nur bei Vollmond die Kraft hatte, sich zu zeigen. Es sei denn, ein Mann hatte einen Alpha in sich. Ein Alpha-Lykaner konnte sich jederzeit und überall verwandeln, da der Wolf stärker war als der Mensch. Eine seltsame Art, es auszudrücken, denn Alphas waren für ihre Führungsqualitäten bekannt, weil sie Charakter und Stärke zeigten. Aber wenn es darum ging, wer den Körper eines Alphas kontrollierte, konnte sich der Lykaner in ihm bei Bedarf herausdrängen.

Ein Wolf war im Moment vielleicht nicht das Beste, um Brandy zu beschützen. Im Gegensatz zu seinen Brüdern, die Waffen mieden, ging Billy gern auf Nummer sicher. Das Gewehr, das er über der Schulter trug, war jedoch nicht das, was er sich schnappte. Der Dolch passte gut in seine Handfläche. Sein Gleichgewicht war ihm vertraut. Bereits seit seiner Jugend warf er mit Messern, nachdem die Jungs von der Ranch nebenan ihm gezeigt hatten, wie es funktionierte.

Er lief ein wenig schneller, als der Nebel sich verwirbelte und die Sicht erschwerte. Es fühlte sich unnatürlich an – angesichts seines lykanischen Erbguts ein seltsamer Gedanke. Doch es gab keinen besseren Weg, es zu beschreiben. Außer in Horrorfilmen hatte er so etwas noch nie gesehen.

Er beschleunigte, als er sich an all das Blut und die Schreie auf der Leinwand erinnerte. Er konnte nicht zulassen, dass Brandy etwas zustieß. Anscheinend hätte er sich mehr Sorgen um sich selbst machen sollen.

Die Fledermäuse griffen an, als er den Wald verließ und auf die Lichtung bei der Hütte kam. Im Nebel sah er sie nicht kommen, da dessen dichte Decke die Geräusche dämpfte, bis sie fast über ihm waren. Selbst dann hörte er nur das seltsame, papierähnliche Schlagen ihrer Flügel. Zuerst waren es nur wenige, dann tauchten immer mehr aus dem wirbelnden Nebel auf, eine dunkle Welle, die in einen Albtraum gehörte.

Billy hob die Arme und tat sein Bestes, um sich an ihnen vorbeizuschieben. Die Flut der herabstürzenden Fledermäuse ließ nicht nach. Der dunkle Schwarm umgab ihn mit einem Trichter aus sich bewegendem Fell, Reißzähnen und Flügeln.

»Billy!« Er hörte Brandy viel zu deutlich schreien. Sie musste aus der Hütte getreten sein.

»Geh wieder rein, du Idiotin!« Nicht gerade nett, aber was hatte sie sich dabei gedacht herauszukommen?

Er schlug nach dem pelzigen, sich windenden Schwarm und hörte deutlich, wie sie rief: »Wo ist ein Flammenwerfer, wenn man ihn braucht? Hast du irgendwo Haarspray herumliegen?«

»Kein Feuer«, brüllte er. »Wir sind von Kleinholz umgeben.«

»Hast du Chilipulver?« Sie schrie weiter, während er nach den Fledermäusen ausholte und auf sie einschlug. Dutzende, vielleicht Hunderte, griffen an. Jedoch nicht sehr geschickt, wie er hinzufügen sollte. Sie flatterten zwar um seinen Kopf und Körper herum, schafften es aber nicht, ihn zu beißen oder ihm mehr als ein paar leichte Kratzer zuzufügen.

Und siehe da, Brandy kam hinzu und schwang ausgerechnet einen Stiefel, der die pelzigen Körper mit harten Schlägen traf. Mit großen Augen machte sie sich auf den Weg zu ihm.

»Was ist hier los?«, rief sie, während sie mit ihrem Stiefel der tödlichen Zerstörung wedelte, um die Luft zu befreien.

»Fledermausangriff«, murmelte er. Eine unsinnige Antwort, und doch ergab nichts hiervon einen Sinn.

»Das erinnert mich daran, wie sie Griffins Wohnung in der Stadt angegriffen haben.« Sie schwang weiter, gefährlich nahe dran, ihn im Gesicht zu treffen.

»Lass uns reingehen.« Die Flut der Fledermäuse

hatte sich so weit gelichtet, dass er sie packen und in Richtung der Hütte ziehen konnte.

Sie liefen hinein und er schlug die Tür zu, wobei er einen Riegel darüber fallen ließ, als würde das einen Unterschied machen. Die Fenster wären das Problem. Er ging zum größten, dessen Vorhänge weit geöffnet waren. Der Nebel draußen erschwerte die Sicht, aber während er zuschaute, lichtete er sich gerade rechtzeitig, um zu sehen, wie der stark geschrumpfte Schwarm über dem Wald wegflog. »Sie sind weg.«

»Nicht alle.« Brandy umarmte sich selbst, als sie auf die am Boden gestapelten Leichen blickte.

Ein anständiger Waldmensch hätte die Regierungsbehörde angerufen, die für seltsamen Wildtierkram zuständig war, und sie Proben nehmen lassen. Aber das hätte viele Fragen und ein Hierbleiben bedeutet, obwohl er eigentlich nur wegwollte. Unnatürlicher Nebel und ein Fledermausangriff? Er würde nicht der Dummkopf aus den Filmen sein, der dablieb und behauptete, alles sei in Ordnung. Auch wenn er sich Sorgen um die Gefahr machte, falls sie aufbrachen.

Aber zu Hause konnte er auf seine Brüder zählen.

Mit grimmiger Miene knurrte er: »Pack deine Sachen. Wir fahren zurück in die Stadt.«

KAPITEL SECHZEHN

Billy hatte ihr gesagt, sie solle ihre Sachen packen, und Brandy brauchte einen Moment mit heruntergefallener Kinnlade, bevor sie stotterte: »Wie bitte?«

»Wir verschwinden.«

»Jetzt?«

»Ja.« Er ging zur Kommode und öffnete die Schubladen, holte seine Sachen heraus und stopfte sie in die Tasche, die er unter dem Bett hervorzog.

»Wegen der Fledermäuse?« Die ihr zugegebenermaßen Angst machten, aber andererseits war ihnen nichts passiert.

»Unter anderem. Mir gefällt es nicht, dass wir keinen Zugang zur Außenwelt haben, und da wir auch keine Anzeichen für eine Verfolgung gesehen haben, glaube ich, dass wir unsere Zeit verschwenden.«

»Nun, entschuldige. Ich wusste nicht, dass die Zeit, die wir zusammen verbracht haben, so langweilig war.«

Er warf ihr einen finsteren Blick zu. »Du weißt, dass ich das nicht gemeint habe. Mein wichtigstes Anliegen ist es, dich zu beschützen, und ich glaube nicht, dass ich das hier tun kann.«

»Warum können wir nicht morgen früh aufbrechen? Das Abendessen ist fast fertig.« Nicht dass sie viel Appetit gehabt hätte. Sie hatte gerade Hau-die-Fledermaus gespielt, und alles, was sie gewonnen hatte, war ein saurer Geschmack im Mund und ein Rasen voller Ratten mit Flügeln.

»Wie lange dauert es, bis wir essen können? Ich würde gern bald aufbrechen.«

»Das ist eine lange Fahrt für die Nacht. Ich komme im Dunkeln nicht so gut mit dem Gegenverkehr zurecht.« Sie rümpfte die Nase.

»Wir können in einem Motel halten, wenn du willst. Ich will nur weg von hier.«

»Oh, schmutziger Motel-Sex. Das hört sich schon besser an.« Sie drehte sich zum Ofen, um ihn auszuschalten. Sie holte den Auflauf heraus und ließ ihn auf dem Tisch abkühlen, während sie packte. Als sie ihm etwas zu essen anbot, nahm er eine Portion, die er regelrecht verschlang. Sie aß eine kleinere Menge. Es war seine Schuld, er schien ansteckend zu sein. Jetzt wollte sie genauso sehr aufbrechen wie er.

Nach einem schnellen Abwasch lud sie ihre Tasche in ihren Wagen, wobei sie sich umschaute, als erwartete sie einen weiteren Fledermausangriff. Wirklich albern. Wahrscheinlich war es der Nebel oder irgendetwas anderes, das sie dazu brachte, sich seltsam zu verhalten.

Als sie den Kofferraum zuknallte, kam Billy mit einer Kühlbox aus der Hütte. »Was machst du da?«, fragte er.

»Ich packe, um wie befohlen loszufahren.«

»Falsches Fahrzeug. Wir nehmen meins.« Er verstaute die Kühlbox zusammen mit den Taschen, die er bereits herausgeholt hatte, in seinem großen Geländewagen.

Sie schnaubte. »Nein, ich nicht. Du weißt schon, dass das ein Mietwagen ist? Wenn ich ihn nicht zurückbringe, wird mich das ein Vermögen kosten.«

»Ich will dich nicht allein lassen.«

»Dann kannst du mit mir fahren.«

»Aber ich brauche meinen Wagen.«

»Und ich brauche meinen. Also wirst du wohl meine Rücklichter bewundern.«

»Das gefällt mir nicht«, sagte er mit einer Grimasse.

»Du magst eine Menge Dinge nicht«, merkte sie an.

Sein finsterer Blick passte gut zu seinem kurzen »Na gut«.

Am Ende hatte er keine Wahl. Sie stiegen beide in ihre Fahrzeuge und sie fuhr voran, wobei sie das Lenkrad fest umklammerte, während sie sich auf der schmalen zweispurigen Straße durch einen Wald schlängelten, der in der Nacht noch viel bedrohlicher wirkte.

An jeder Biegung erwartete sie ein Hindernis. Baum. Tier. Leiche. Monster ... Schuld daran waren die Horrorfilme, die diesen Moment wählten, um sie heimzusuchen.

Da sie Angst hatte, einen Elch anzufahren – was für das Fahrzeug niemals gut war –, hielt sie sich an die Geschwindigkeitsbegrenzung. Die einsame Fahrt löste in ihr den Wunsch aus, sie hätte mehr darum gekämpft, dass er bei ihr mitfuhr. Es dauerte eine gute Stunde, bis ihr Handy anfing zu piepen, als es Nachrichten empfing. Da sie es nicht mit dem Mietwagen verbunden hatte, konnte sie nicht sehen, ob es wichtig war, und im Dunkeln am Straßenrand anzuhalten, während der Wald von allen Seiten an sie heranrückte, erschien ihr auch nicht gerade als die klügste Idee.

Aber da sie ein Signal hatte, konnte sie einen Anruf tätigen. »Okay, Hal, ruf den Wikinger an.« Sie hatte ihr Handy nach dem Supercomputer aus *Odyssee im Weltraum* benannt, und was das anging, wen sie anrief ...

Ulric ging nicht ran. Sein Anrufbeantworter piepte und sie hinterließ eine einfache Nachricht. »Wir sind auf dem Heimweg. Machen bald für die Nacht halt. Ich hoffe, Froufrou behandelt dich gut.«

Als sie ihr Kätzchen das letzte Mal gesehen hatte, hatte Froufrou den blonden Riesen um ihre winzig kleine Pfote gewickelt.

Sie wollte gerade Billy anrufen, nur um eine Verbindung zu einem anderen Menschen zu haben, als er von hinten mit seiner Lichthupe aufleuchtete. Sie wurde langsamer, als er sie überholte. Eine Sekunde lang dachte sie, er wolle das Tempo erhöhen, aber er fuhr zu einem schäbigen Motel, bei dem nur das T des Schildes beleuchtet war und das Gebäude ein einziges langes Rechteck war. Sie hätte es für verfallen gehalten, wenn nicht das schwache Licht durch die Jalousien des letzten Fensters neben einer Tür mit der Aufschrift *Büro* gefallen wäre.

Billy fuhr vor, und sie parkte neben ihm.

»Hast du reserviert?«, fragte sie, während sie ausstieg und sich streckte.

»Nein, aber angesichts des freien Parkplatzes wird es wohl kein Problem sein.«

»Das Motel von Norman Bates schien auch nie belegt zu sein, weil er alle Gäste umgebracht hat«, murmelte sie und umarmte sich selbst, als die Kälte der Nacht sie durchfuhr.

»Einige der Jungs haben hier schon übernachtet. Der Besitzer ist harmlos. Sollen wir?« Er griff nach ihrer Hand, aber sie bemerkte, dass die andere an seiner Seite blieb, seine Holzfällerjacke offen und locker. Sie wusste, dass er eine Pistole unterhalb der Achselhöhle trug. Es beruhigte sie.

Eine Glocke läutete, als sie das Büro betraten. Der Geruch von Zigaretten drang ebenso durch wie die Lachkonserve eines Fernsehers, der irgendwo lief.

Bevor Billy die Glocke auf dem Tresen schlagen konnte, kam eine schlaksige Frau aus der Schwingtür, die Augen weit aufgerissen und die dunklen Haare zu einem Zopf zusammengebunden.

»'n Abend.«

»Hi.« Billy schenkte ihr ein strahlendes Lächeln. »Wir brauchen ein Zimmer.«

Die Frau erwiderte das Lächeln nicht, als sie ein Buch aufschlug. »Zwei kleine Betten oder ein großes?«

»Ein großes bitte.«

»Bar oder Kreditkarte?«

»Kreditkarte.«

Die Frau zückte ihr Handy und drückte ein tragbares Kartenlesegerät an die Oberseite, das bereit war, bevor Billy überhaupt seine Karte gezückt hatte.

Sobald der Betrag von neunundsiebzig Dollar plus Steuern abgezogen war, händigte die Angestellte ihnen einen Schlüssel aus, an dem die Nummer drei baumelte.

Sie verließen das Büro, und während er sie zum Zimmer führte, fragte Brandy: »Sollten wir die Wagen nicht umparken?«

»Nein, denn das würde verraten, in welchem Zimmer wir sind.«

»Es wird so oder so verdammt auffällig sein. Oder sollen wir etwa im Dunkeln sitzen?«

Er seufzte. »Okay, vielleicht bin ich übervorsichtig. Diese Fledermäuse machen mich immer noch unruhig. In all den Jahren, in denen ich schon in diese Hütte fahre, ist das noch nie passiert.«

»Und es hat sich als nichts herausgestellt. Schau uns an. Kein einziger Biss. Ich schätze, ich muss noch eine Weile warten, bevor ich mich in einen Vampir verwandle.«

Er prustete. »In dieser Gegend gibt es keine Vampire.«

»Warte, willst du damit sagen, dass sie tatsächlich existieren?«

»Vielleicht.« Er zwinkerte ihr zu, während er den Schlüssel ins Schloss steckte.

Als sie ihm folgte, fragte sie: »Was gibt es noch? Meerjungfrauen? Chupacabras? Einhörner?«

»Ich würde sagen, dass alle Legendenwesen irgendwann einmal existiert haben, aber die Menschheit hat sie ausgerottet.«

»Werwölfe sind nicht ausgerottet«, merkte sie an.

»Werwölfe können sich im Gegensatz zu den meisten anderen Kreaturen gut vor aller Augen verstecken.«

Sie betrachtete ihr Zimmer, ein echtes Relikt aus der Vergangenheit mit einem Zottelteppich, der nie gestorben, sondern nur an einigen Stellen abgetreten war. Seine Oberfläche war so verfilzt, dass man darin alle möglichen Schätze verstecken konnte. Auf dem Bett lag eine dicke, grobe Bettdecke mit einem Muster, das in den Augen wehtat. Die klotzigen, dunklen Möbel hatten auf dem Großteil ihrer Oberfläche leichte Kratzer. Der Fernseher könnte jemanden umbringen, wenn er auf ihn fiele.

»Ich fühle mich wie in die Vergangenheit zurückversetzt«, murmelte sie, als sie den Kopf ins Bad steckte, um die senfgelben Fliesen zu bewundern, die sich von der blassgrünen Toilette abhoben.

»Vintage, Baby«, antwortete er von der Tür. »Hunger?«

»Ein bisschen, aber ich habe kein Restaurant in der Nähe gesehen.« Und auch keine Eiscreme. Am liebsten hätte sie sich den Kummer darüber von der Seele gegessen, wie schnell er sie dazu gebracht hatte, ihre gemütliche Hütte im Wald zu verlassen. Sie vermisste bereits das große, bequeme Bett und den Mann, den sie gerade kennengelernt hatte. Würde sich der Liebhaber – dessen Körper sie auf intime Weise kannte – wieder in den mürrischen Detective Gruff verwandeln?

»Ich könnte die Kühlbox reinholen, um sie zu durchstöbern.«

»Ich bezweifle, dass da viel drin ist, was wir essen wollen, da wir keine Mikrowelle zum Aufwärmen haben.«

»Ich werde mich mal umsehen, ob ich nicht etwas zu essen und zu trinken auftreiben kann.«

»Wenn dabei Wein herauskommt, würde ich mich nicht beschweren.«

»Ist das ein Hinweis darauf, dass ich eine Flasche aus deinem Kofferraum mitbringen soll?«

Sie grinste. »Ich habe für alle Fälle deinen Schraubenzieher und deinen Hammer mitgenommen.«

Er schüttelte den Kopf. »Unverbesserlich.«

»Eher bereit für jede Gelegenheit.«

Er ging und kam mit einer Flasche und dem Werkzeug zurück. Er entkorkte den Wein sogar, bevor er ihn in einen Pappbecher schenkte.

»Ah, es geht doch nichts über das einfache Leben«, neckte sie, als sie ihn an die Lippen hob.

»Ich hätte die Chips aus der Hütte mitbringen sollen, damit es wirklich etwas Besonderes ist«, fügte er mit zuckenden Lippen hinzu.

»Schade, dass es keinen Verkaufsautomaten gibt.« Sie zog die Mundwinkel nach unten.

»Vielleicht haben wir doch Glück. Laut der Karte auf meinem Handy gibt es gleich um die Ecke eine Tankstelle, die wahrscheinlich Snacks hat. Zieh deine Schuhe an und wir werden sie plündern.«

»Vergiss es. Ich sitze hier und genieße diesen guten Wein.« Sie hob ihr Glas, als sie sich in den mit Vinyl bezogenen Stuhl am Fenster fallen ließ.

»Mir gefällt die Vorstellung nicht, dich allein zu lassen.« Er schien hin- und hergerissen zu sein, während er erst nach draußen und dann wieder zu ihr blickte.

»Es ist niemand hier«, bemerkte sie. »Ich komme schon zurecht. Es ist ja nicht so, als wärst du lange weg.«

Ihre Logik siegte. Er zog die Vorhänge vor dem Fenster zu. Er überprüfte auch das Badezimmer, bevor er sich zu ihr hinunterbeugte, um sie zu küssen und zu flüstern: »Geh nicht aus dem Zimmer und schließ die Tür ab, wenn ich gehe.«

»Lass dir nicht zu viel Zeit. Der Wein macht mich hungrig.«

Er lachte leise. »Du bist genau wie deine Katze.

Ulric hat gesagt, dass Ihre Hoheit – übrigens ihr neuer Titel – keine ihrer Mahlzeiten verpasst hat.«

»Wann hast du mit Ulric gesprochen?«

»Kurz bevor die Fledermäuse diesen gruseligen Scheiß mit uns gemacht haben.«

»Das muss eine Signalsache gewesen sein. Du weißt, dass sie über Echoortung fliegen.«

»Das erklärt aber nicht den Nebel.«

»Weißt du, was das tut? Google. Frag es und du wirst mehr über den Nebel herausfinden, als du jemals wissen wolltest. Sieh dir nur nichts an, was Stephen King darüber geschrieben hat.«

Er zog eine Grimasse. »Ich weiß, ich klinge verrückt.«

Sie biss ihm ins Kinn. »Du hast wohl eher einen Fall von Unheimlichkeit. Keine Angst, Baby, ich werde dich beschützen.«

»Wie? Ich habe weder meine Stiefel noch eine Bratpfanne mitgebracht, die du benutzen könntest.«

Sie grinste. »Mach dir keine Sorgen. Ich werde schon etwas Passendes zum Schwingen finden.«

»Da bin ich mir sicher«, neckte er.

Er ging und Brandy scrollte durch ihre Nachrichten, die sich in den letzten Tagen angehäuft hatten. Maeve hatte Urlaubsfotos geschickt, auf denen sie so glücklich und verliebt aussah. Ulric hatte außerdem einiges von Froufrou geschickt, was ihr ein Lächeln auf die Lippen zauberte. Ein unbekannter Anrufer hatte keine Sprachnachricht hinterlassen, sondern nur ein einziges Wort geschrieben: *Bald.*

Es jagte ihr einen Schauer über den Rücken, denn es erinnerte sie an die Nachrichten im Büro. Löschen und blockieren. Wahrscheinlich eine falsche Nummer. Oder hatte das etwas mit dem zu tun, was passiert war? Verdammt. Sie sollte Billy davon erzählen. Sobald er zurückkam.

Sie schickte ein paar Antworten und eigene Fotos. Ihr Handy hatte in der Hütte zwar keinen Empfang gehabt, aber sie hatte viele Fotos gemacht. Billy beim Holzhacken. Billy beim Ausziehen seines Hemdes. Billy im Wald, ganz das Raubtier. Billy mit schwelender Miene, die jeden Teil von ihr zum Schmelzen brachte.

Gelangweilt und hungrig drehte sie sich auf dem Bett auf den Bauch, nicht interessiert an den sozialen Medien. Stattdessen blätterte sie in den Fotos, die sie während ihrer Zeit mit Billy gemacht hatte. Die Hütte. Er im Bett unter der Decke. Er beim Kochen. Sie brachten sie zum Lächeln. Die Bilder aus dem Wald waren von schlechterer Qualität, da das Licht und die allgemeine Umgebung einige verschwommen wirken ließen.

Ein grüner Fleck, der vielleicht ein Blatt war?

Löschen.

Billy, der einen Ast für sie zurückhielt?

Behalten.

Das nächste Bild wäre zu löschen gewesen, da mehr als die Hälfte des Bildes nur aus einem Baumstamm bestand, aber ihre Aufmerksamkeit blieb an einem weiter entfernten Gesicht hängen, das hinter einem anderen Baumstamm hervorlugte und dessen Züge scharf hervortraten.

Ein Gesicht, das sie nicht kannte. Aber noch beunruhigender war, es bedeutete, dass sie beobachtet worden waren. Es konnte harmlos sein – ein Wanderer oder Jäger –, aber es machte ihr Angst, dass sie nicht allein gewesen waren. Oh Gott, hatte diese Person sie bei ihrem Stelldichein im Wald beobachtet?

Billy war noch nicht zurück, also fügte sie das Bild einer SMS hinzu, in der stand: *Du hattest recht. Jemand war im Wald.* Bevor sie auf Senden drücken konnte, ging ihr Handy aus.

Sie starrte es an. »Willst du mich verarschen?« Es war bei einundzwanzig Prozent gewesen. »Argh.« Blöder Akku. Sie rollte sich vom Bett und suchte nach einem Ladekabel. In ihrer Handtasche war keines. Ihr Koffer enthielt nur Kleidung. Verdammt. Sie musste es im Wagen vergessen haben.

Der Schlüsselbund klimperte, als sie ihn von der Kommode holte. Vor der Tür hielt sie inne. Billy hatte ihr gesagt, sie solle im Zimmer bleiben. Andererseits würde Billy jeden Moment zurückkommen und es war sonst niemand hier. Sie legte ihre Hand auf den Türknauf und erinnerte sich daran, wie sie sich auch in seiner Hütte für allein gehalten hatten.

Sie war paranoid. Es könnte auch einfach jemand gewesen sein, der in der Natur spazieren ging oder im Wald zeltete. Es war schließlich nicht so, als hätte Billy sein Grundstück eingezäunt.

Der Wagen stand dort. Praktisch in Sichtweite der

Tür. Sie hatte also genügend Zeit, um jemanden kommen zu sehen.

Sie öffnete die Tür und streckte den Kopf heraus. Nur ihr Fahrzeug war draußen geparkt. Billy musste zur Tankstelle gefahren sein. Sie verkeilte die Tür, um sie offen zu halten. Es dauerte nur Sekunden, bis sie den Wagen erreicht hatte. Sie betätigte den Schlüsselanhänger ihres Mietwagens und öffnete die Fahrertür. Das Kabel war nicht im Armaturenbrett eingesteckt. Sie beugte sich vor und überprüfte die Konsole, bevor sie einen Blick in den Beifahrerfußraum warf.

»Da bist du ja«, murmelte sie und beugte sich noch weiter vor, um es zu erreichen. Sie streckte die Finger danach aus, als sie das Knirschen des Kieses hörte.

Sie stürzte so schnell aus dem Fahrzeug, dass sie sich den Kopf anschlug. Das Zurückblinzeln der Tränen rettete sie, als sie von den Scheinwerfern geblendet wurde. Ein Wagen rollte langsam an ihr vorbei, und durch die Nachwirkungen des grellen Lichts konnte sie den Fahrer nicht erkennen. Sie knallte ihre Tür zu und bemerkte, dass das Fahrzeug am anderen Ende des Parkplatzes anhielt, was sie vor ein Dilemma stellte. Wenn sie in ihr Zimmer ging, würde derjenige sehen, welches es war. Stattdessen betrat sie das Büro, dessen klingelnde Glocke sie beruhigte.

Der Fernseher lief immer noch im Hintergrund, aber die Frau von zuvor kam nicht heraus, um nachzusehen. Brandy spähte durch das Fenster und sah, dass das Fahrzeug den Parkplatz auf der anderen Seite verlassen hatte und auf die Straße zurückgekehrt war.

Sie stieß einen Seufzer der Erleichterung aus. Unbegründete Panik. Andererseits war es auch seltsam gewesen. Warum über den Parkplatz fahren? Vielleicht hatte derjenige gedacht, das Motel sei geschlossen?

Oder er hatte sie von der Straße aus gesehen, mit dem Arsch in der Luft auf der Suche nach einem Ladekabel, und gedacht, sie wäre eine leichte Beute. Was auch immer der Fall war, sie war in Sicherheit und Billy würde jeden Moment zurückkehren. Er wäre stinksauer, wenn er zurückkam, während sie noch hier draußen herumlief.

Sie verließ das Büro des Motels und eilte zu ihrem Zimmer. Die Tür war immer noch mit der Metallklammer, die sie in den Spalt geklemmt hatte, geöffnet, damit sie nicht zufiel. Sie knallte die Tür zu und lehnte sich dagegen.

Sicher.

Andererseits, war sie überhaupt in Gefahr gewesen? Früher war sie nie so nervös gewesen. Vielleicht hatten die jüngsten Angriffe sie mehr verunsichert, als ihr bewusst war. Brandy war immer stolz darauf gewesen, kompetent und schwer einzuschüchtern zu sein. Das war, bevor sie gewürgt, betäubt und entführt und von seltsam agierenden Fledermäusen sowie einem Multisägen-schwingenden Verrückten angegriffen worden war. Sie hatte sich ihren schnell schlagenden Puls und ihre klamme Haut verdient.

Sie warf einen Blick auf das Badezimmer. Eine Dusche wäre schön, und Billy würde sich freuen, wenn er sie nass und glitschig vorfände.

Sie zog ihre Schuhe aus und ging ins Bad. Der Duschvorhang, ein dunkles Burgunderrot, war über die Wanne gezogen. Eine Sekunde lang zögerte sie, dann riss sie ihn mit einer heftigen Bewegung beiseite.

In der grünen Wanne waren nur Rostflecke zu sehen.

»Du bist ein Trottel«, schimpfte sie mit sich selbst.

Sie stellte das Wasser an und hatte die Hände am Saum ihres Hemdes, als sie etwas hörte. Ein Kratzen an der Tür und das Klicken von sich drehenden Zylindern ließen sie herumwirbeln und brachten ihr Herz zum Rasen. Jemand schloss die Tür auf.

Billy war zurück.

Sie flog förmlich durch den Raum und riss an der Klinke, begierig darauf, seine Arme zu spüren.

Doch sie starrte nur wie eine Idiotin und murmelte: »Du bist nicht Billy.«

Als sie diese Tatsache verarbeitete, war sie bereits bewusstlos.

KAPITEL SIEBZEHN

Die Tankstelle war nicht weit vom Motel entfernt, knapp einen Kilometer, den man leicht zu Fuß zurücklegen konnte. Billy fuhr, vor allem um sicherzugehen, dass wenigstens eines ihrer Fahrzeuge einen vollen Tank hatte. Eine Vorsichtsmaßnahme für den Fall, dass sie schnell aufbrechen mussten.

Glaubte er, dass sie in Gefahr waren? Er konnte es nicht sagen. Der intuitive Detective war durcheinander, vor allem weil seine Sorge um Brandy alle rationalen Überlegungen überschattete. In den Wäldern hatte er nichts gefunden. Keine Anzeichen dafür, dass irgendjemand oder irgendetwas vorbeigekommen war. Er war aufgrund seltsam agierender Fledermäuse und eines unguten Bauchgefühls geflohen. Ein Bauch, der sich verknotet hatte, weil er die Sache mit der Liebe zu Brandy immer noch nicht geklärt hatte.

Er hielt an der Tankstelle und begann, seinen Wagen zu betanken. Während der Treibstoff langsam floss, holte er sein Handy heraus und begann eine schnelle Suche. *Fledermausschwarm*. Hauptsächlich Verweise auf Filme und Bücher. Er schürzte die Lippen. *Fledermäuse seltsames Verhalten*. Auch eine sinnlose Suche. *Fledermaus-Radar fällt aus*. Das brachte ein paar interessante Treffer. Er überflog einen Artikel über die sogenannte Echolokationsstörung. Dabei wurde die Echoortung eines Tieres behindert. Es führte dazu, dass sie desorientiert wurden und sich unangemessen verhielten. Genau wie diese Fledermäuse.

Brandy hatte recht. Er hatte zugelassen, dass seine Angst sie in die Nacht flüchten ließ. Wie entmannend. Gleichzeitig musste er zurück in die Stadt, bevor seine Beurlaubung endgültig wurde.

Sein Wagen brauchte unangemessen viel Benzin, was zu einem Schock über den Preis führte. Blöde CO_2-Steuer. Seit sie in Kraft getreten war, hatte sie ein Loch in seinem Geldbeutel hinterlassen. Trotz der Erhöhung hatte er nicht vor, seine Fahrgewohnheiten oder sein Fahrzeug zu ändern. Sie würden ihm seinen spritfressenden Geländewagen aus den toten, deutlich ärmeren Händen reißen.

Sein Handy piepte. Auf seinem Bildschirm erschien eine SMS von Ulric. *Ruf mich an. Ich weiß, dass du Empfang hast. Die Leitung wird gesichert.*

Ernste Scheiße, was bedeutete, dass er nicht zögern durfte, aber er konnte auch nicht mit dem Bezahlen trödeln, sonst würde der Angestellte es melden. Billy hatte entschieden, nicht an der Zapfsäule im Voraus zu bezahlen, da er vorhatte, sich drinnen mit Snacks und Getränken einzudecken. Das würde er schnell tun und dann Ulric anrufen.

Als Billy hineinging, klingelte sein Telefon. Ein Blick zeigte ihm einen ungeduldigen Ulric.

Er ging ran, als er den Gang mit den Chipsregalen betrat. »Hey, was gibt's?«

»Gut, dass du mich ignoriert und die Fliege gemacht hast. Seit unserem letzten Gespräch ist eine Menge passiert.«

»Das würde ich kaum als Gespräch bezeichnen.«

»Nicht meine Schuld, dass du zu einem schlechten Zeitpunkt angerufen hast.«

»Was ist passiert?«

»Erstens nehme ich an, dass Brandy bei dir ist.«

»Mehr oder weniger. Sie wartet im Motelzimmer auf mich.« Wo sie hoffentlich nur sehr wenig Kleidung trug. »Ich wollte uns nur ein paar Snacks besorgen, die Straße hoch.«

»Oh scheiße. Du musst zu ihr zurück!«

Er stellte die Tüte mit den Chips zurück, die er sich gerade geschnappt hatte. Sein Magen krampfte sich zusammen. »Was ist los?«

»Weißt du noch, dass die Typen, die Ärger gemacht haben, alle vor Kurzem aus dem Gefängnis entlassen wurden?«

»Ja.«

»Es stellte sich heraus, dass es in dem besagten Gefängnis einen Zwischenfall gab. Die Nachrichten haben erst vor etwa einer Stunde davon berichtet.«

»Ich nehme an, einige von ihnen sind geflohen?«

»Ja. Sie wissen noch nicht genau, wie viele und wer. Sie sind noch dabei, die Leichen zu sortieren.«

Leichen, also Mehrzahl. »Warte mal, du sagst, dass sich einige Sträflinge ihren Weg nach draußen gemordet haben?«

»Es waren mehr als nur Leute, die auf der Flucht getötet haben. Es waren sowohl Mitarbeiter als auch Häftlinge betroffen. Sie wurden auseinandergerissen, als wären sie von einem Tier angegriffen worden. Das Blut wurde aufgeleckt.«

Bei dieser schockierenden Nachricht schlängelte Billy sich durch die Gänge zur Kasse. Er wollte nur noch bezahlen und gehen. In Panik loszulaufen würde nur zu unerwünschter Aufmerksamkeit führen.

»Gib mir eine Sekunde«, murmelte er zu Ulric.

Der junge Mann hinter dem Tresen blieb auf sein Handy fixiert.

Billy räusperte sich. »Ich muss für das Benzin bezahlen.«

»Jup.« Der Mann tippte etwas in die Kasse. Billy zog sein Portemonnaie heraus.

Die Tür hinter ihm öffnete sich. Das war nicht ungewöhnlich – schließlich war es eine Tankstelle –, aber die Augen des Angestellten weiteten sich, als er zurückwich.

Oh scheiße. Billy wirbelte herum und hatte nur eine Millisekunde Zeit zu reagieren, als die Person, die gerade hereingekommen war, eine Schrotflinte hob. Billy duckte sich, als der Schuss fiel, und stürzte sich dann auf den Schützen, um ihn an den Beinen zu packen.

Zu seiner Überraschung riss der Mann hinter dem Tresen dem Schützen nicht nur die Schrotflinte aus dem Griff, sondern drückte sie ihm auch noch gegen die Stirn und blaffte: »Du Vollidiot. Was habe ich dir gesagt, was passiert, wenn du noch einmal versuchst, mich auszurauben?«

Besagter Vollidiot jammerte: »Komm schon, Rory. Ich dachte, Hanna würde heute Abend arbeiten.«

»Noch schlimmer.«

Billy erhob sich, denn der Angestellte schien die Situation unter Kontrolle zu haben. »Ähm, ich bin etwas in Eile.«

Der Angestellte schaute ihn nicht einmal an. »Machen Sie sich keine Sorgen um das Benzin. Gehen Sie einfach, und wenn jemand fragt, ist das hier nie passiert.« Der Mann stellte einen Fuß auf die Brust des Räubers und drückte ihn nach unten, bis er wimmerte.

Ein anständiger Polizist wäre geblieben und hätte geholfen, den Tatort zu sichern, aber Ulric dachte, Brandy könnte in Gefahr sein. Apropos Ulric. Das Telefon, das er fallen gelassen hatte, hatte die Verbindung unterbrochen. Billy wählte, während er in seinen Wagen sprang und von der Tankstelle wegfuhr.

»Was zum Teufel ist passiert?«, brüllte Ulric.

»Raubüberfall. Ich bin jetzt auf dem Weg zu Brandy.«

»Gut. Denn es hat sich herausgestellt, dass sie die ganze Zeit das Ziel gewesen sein könnte.«

»Erkläre. Und zwar schnell.«

»Es wird zwar nicht viel über das Gefängnismassaker veröffentlicht, aber Dorian hat es geschafft, sich in die Gruppe, die den Fall diskutiert, zu hacken.« Seit der Pandemie hatten sich viele Prozesse ins Internet verlagert. Dadurch entstanden neue Möglichkeiten der Informationsbeschaffung. »Einer der Polizisten am Tatort sagte, dass der Mörder oder die Mörder – was wahrscheinlicher ist – eine Nachricht hinterlassen haben. Gruff muss sterben.«

»Ich verstehe nicht, wie das darauf hindeutet, dass Brandy das Ziel ist. Das klingt eher nach einem persönlichen Rachefeldzug gegen mich.« Wahrscheinlich war irgendein Mistkerl sauer, dass Billy ihn erwischt hatte.

»Ich bin noch nicht fertig. Das war nicht das Einzige, was gezeichnet wurde. Ein Herz mit den Initialen BH + CJ.«

»Und?« Die Initialen könnten nur ein Zufall sein.

»Weil ich noch nicht fertig war.« Ulric sprach weiter. »Einer der überlebenden Gefängniswärter, der im Urlaub gewesen war, als das alles passierte, sagte, dass es sich auf Clive Johnson und eine alte Flamme von ihm bezieht.«

»Ich nehme an, dass es sich um denselben Clive Johnson handelt, den ich wegen eines Raubüberfalls verhaftet habe, bei dem ein paar Leute ums Leben kamen.« Er bemerkte die Lichter eines Fahrzeugs, das aus der entgegengesetzten Richtung kam.

»Ein und derselbe. Es hat sich herausgestellt, dass

Clive eine Vergangenheit mit Brandy hat. Sie waren eine Weile zusammen und haben sich getrennt, als du ihn verhaftet hast. Obwohl er im Gefängnis saß, hat er es nicht gut verkraftet. Sie änderte ihre Telefonnummer und stand nicht mehr im Telefonbuch. Der Wichser blieb von ihr besessen. Er schrieb Hunderte von Briefen an sie. Der Inhalt war so verrückt, dass sie sie einfach weggeworfen haben.«

»Warum hat sie mir nicht von ihrem verrückten kriminellen Ex erzählt?«, grummelte Billy.

»Wahrscheinlich weil es schon Jahre her ist und er eigentlich noch im Gefängnis sein sollte.«

Er fuhr auf den Motelparkplatz und bemerkte, dass das Licht im Büro aus war. Er sprach weiter mit Ulric. »Wenn Clive immer noch besessen ist, würde er mich aus dem Weg haben wollen. Ich kann sogar verstehen, warum er Brandys Entführung arrangieren würde. Aber das erklärt nicht, wie er alle möglichen Sträflinge für sich arbeiten lässt.«

»Meine Theorie ist, dass er eine Art Sektenführer ist. Er hat einen Haufen Sträflinge überredet, sich ihm bei einem Amoklauf anzuschließen, und ist dann geflohen.«

»Und Brandy ist die erste Person, nach der er wahrscheinlich suchen würde.« Er parkte auf dem Parkplatz neben ihrem Wagen. »Ich bin im Motel.« Und zu seiner Erleichterung waren keine anderen Fahrzeuge geparkt. »Ich rufe dich zurück, sobald ich nach Brandy gesehen habe.«

Er stieg aus seinem Wagen aus, seine Ohren auf

alles gerichtet. Vor der Tür zu ihrem gemieteten Zimmer hielt er inne. Er konnte es bereits riechen. Jemand war hier gewesen. Er zählte drei Personen, von denen eine nach Zigaretten stank wie die Person, die sie eingecheckt hatte.

Er stieß den Schlüssel ins Schloss und riss die Tür auf. Aber sie war weg.

Jemand hatte sie entführt. Als er den Raum verließ, nahm er tiefe Atemzüge. In welche Richtung? Ihr Geruch endete auf dem Bürgersteig, was darauf hindeutete, dass sie mit einem Fahrzeug transportiert worden war. Er dachte sofort an den Wagen, an dem er auf dem Rückweg von der Tankstelle vorbeigekommen war. Das musste es sein.

Er sprang in sein Fahrzeug und rief Ulric an, während er mit quietschenden Reifen auf die Straße bog, um sie zu verfolgen.

In dem Moment, in dem Ulric abnahm, platzte er heraus: »Brandy ist weg.« Es schmerzte, es durch seinen angespannten Kiefer zu sagen.

»Oh, verdammt.«

»Ich glaube, ich habe den Wagen gesehen, in dem sie mitgenommen wurde.« Er beschleunigte ohne Rücksicht darauf, dass die Schilder siebzig Stundenkilometer anzeigten. Er gab Gas. Sein Geländewagen konnte damit umgehen.

»Bring dich nicht um«, mahnte Ulric. »Du nützt Brandy nichts, wenn du tot bist.«

Er wurde nicht langsamer. Durch die Dunkelheit und seine Geschwindigkeit hätte er fast das im Wald geparkte Fahrzeug übersehen. Seine Scheinwerfer beleuchteten kurz die Rücklichter, als er vorbeifuhr. Er trat auf die Bremse und legte den Rückwärtsgang ein.

»Ich habe den Wagen vielleicht gefunden«, erklärte er Ulric. »Ich schicke dir meinen Standort.« Er tippte mit dem Daumen auf sein Handy, um Ulric eine Ortungs-SMS zu schicken.

»Vielleicht solltest du auf Verstärkung warten.«

»Keine Zeit. Ich werde es mir ansehen.« Er legte auf, als er aus seinem Fahrzeug stieg, um nachzusehen. Im Wagen saß niemand, aber er brauchte die Tür nicht zu öffnen, um Brandy zu riechen.

Sie war hier. Im Wald. In Gefahr.

Das reichte aus, um seine Bestie zu wecken.

KAPITEL ACHTZEHN

BRANDY WACHTE AUSGERECHNET IN EINER HÖHLE AUF. Es war feucht, stinkend und vor allem dunkel, denn die einzige Lichtquelle war eine Laterne, die auf dem Boden stand. Der schwache Schein erlaubte es ihr nicht, die Decke oder gar den Boden zu sehen. Wahrscheinlich war das auch gut so, denn der üble Geruch erweckte kein Vertrauen.

Wie war sie hierhergekommen?

Sie erinnerte sich nur noch daran, wie sie in Erwartung von Billy die Zimmertür des Motels öffnete. Stattdessen fand sie jedoch die Angestellte des Motelbüros sowie zwei ziemlich große Männer vor, die ihr einen stinkenden Lappen ins Gesicht drückten.

Schon wieder betäubt. Nicht gut. Billy würde den Verstand verlieren. Wenn es Billy gut ging. Hatten sie ihn zuerst erwischt?

Sie stand auf und bemerkte, dass sie auf ein Bett

aus Kleidung gelegt worden war. Hemden, Hosen und sogar Jacken lagen auf einem Haufen Schleim.

Moment, das war Kacke. Fledermauskacke. In dem Moment, in dem sie das dachte, veranlasste ein Rascheln über ihr sie dazu, ihren Oberkörper zu umarmen. Wozu all die Fledermäuse in ihrem Leben in letzter Zeit?

»Endlich bist du wach, meine Liebe.«

Das konnte nicht sein. Diese Stimme. Die Wortwahl ... Ein heftiger Schauer packte ihren Körper. »Clive?« Sie hoffte wirklich, sich verhört zu haben. Es war schon so lange her.

»Ich bin's, meine Liebe.« Er trat ins Licht, verändert und doch wiedererkennbar. Ihr verrückter Ex-Freund, die Haut geschwollen und gerötet, die Lippen leuchtend rot, die Augen rein schwarz. Sein Haar hing schlaff und fettig herunter.

Der Schock ließ Brandy fast auf den Hintern fallen, als sie schwach herausbrachte: »Ich dachte, du wärst im Knast.« Hinter Gittern, wo er hingehörte. Es war Jahre her, seit sie über diesen kurzen Moment des Wahnsinns auch nur nachgedacht hatte. Sollte er nicht schon längst über seine Besessenheit hinweg sein?

»Ah ja, mein Gefängnis. Eine elende Strafe, die umso schwerer wog, da ich wusste, dass du über unsere Trennung so verzweifelt sein musstest. Verflucht seien die Mistkerle, die sich verschworen haben, uns zu trennen.«

Zehn Jahre und er glaubte immer noch, dass sie

zusammen waren. Es war wirklich eine gute Entscheidung gewesen, mit Clive Schluss zu machen. Er hatte die Verrücktheit eine Zeit lang versteckt. Doch sobald sie es erkannte, unternahm sie etwas. Er hatte keine Chance, sie zu verletzen, und trotzdem war sie so glücklich gewesen wie noch nie zuvor, als er lebenslang hinter Gitter gebracht wurde. Der bewaffnete Raubüberfall brachte ihn in Gewahrsam, und dann konnten sie ihn mit dem Mord an einigen Frauen in Verbindung bringen. Das brachte ihn für eine sehr lange Zeit hinter Gitter, und sie hatte mit ihrem Leben weitergemacht.

Offensichtlich hatte er nicht dasselbe getan.

Anstatt ihn auf seinen Wahnsinn anzusprechen, fragte sie: »Wo sind wir?«

»In meinem Palast.« Er machte eine Handbewegung. »Ist er nicht großartig?«

»Es ist eine mit Fledermauskacke gefüllte Höhle.«

»Ist das der Dank dafür, dass ich dir ein Zuhause biete?« Sein Tonfall wurde bedrohlich leiser.

Brandy wich nicht zurück. Es würde nicht reichen, ihn zu beschwichtigen. Clive war ein psychopathischer Mörder. »Ein Zuhause hat Dinge wie Möbel, fließend heißes Wasser, eine Küche und ein paar Fenster, um die Sonne hereinzulassen.«

»Undankbar.«

»Ich weiß. Das ist furchtbar von mir, deshalb werde ich jetzt gehen.«

»Sei nicht böse auf mich, meine Liebe. Ich bin sicher, dass wir das Problem lösen können, egal was es ist. Es gibt keinen Grund für dich zu gehen. Nicht nach allem, was wir durchgemacht haben. Jetzt, da wir wieder vereint sind, können wir zusammen sein.« Er senkte seine Stimme um eine Oktave und fügte hinzu: »Für immer.« Es wäre vielleicht noch gespenstischer gewesen, wenn er am Ende nicht ein schurkisches »Muah-ha-ha« hinzugefügt hätte.

Das machte alles nur noch lächerlicher. »Um Himmels willen, Clive. Wie oft muss ich noch sagen, dass es aus ist?« Sie hatte gedacht, dass es vorbei wäre, sobald er im Knast saß. Aber nein. Er rief weiter an. Also änderte sie ihre Nummer und die Belästigungen hörten auf. Sie hätte nie gedacht, dass er so viele Jahre später immer noch besessen sein würde.

»Als hätte ich auf dich gehört. Du und ich sind füreinander bestimmt.«

»Nein, sind wir nicht. Ich bin weitergezogen. Ich bin jetzt mit jemand anderem zusammen.«

»Gruff.« Er zischte das Wort förmlich.

Sie erstarrte. »Woher weißt du von Billy?«

»Weil ich dich beobachtet habe. Es hat ewig gedauert, dich zu finden, und dann musste ich vorsichtig sein, damit niemand versuchte, uns zu trennen. Hast du meine Nachrichten nicht bekommen?«

»Welche Nachrichten?«, fragte sie mit zusammengepressten Lippen, als es ihr klar wurde. Die E-Mails, die sie bekommen hatte, die SMS, das musste Clive gewesen sein. Die Offenbarung, dass er sie die ganze Zeit beobachtet und ihr Drohbotschaften geschickt hatte, verursachte Brandy Übelkeit. »Wie bist du früher aus dem Knast gekommen?« Hatte sie die Chance verpasst, die Verantwortlichen bei seiner Bewährungsanhörung daran zu erinnern, dass er kein netter Kerl war?

»Mit viel Glück. Weißt du, ich habe eine Menge Zeit in Einzelhaft verbracht. Die Mistkerle sagten immer, ich sei eine Gefahr für andere. Dort habe ich seine Existenz entdeckt.«

»Wessen Existenz?«

»Die des nächtlichen Hausmeisters. Aber das war nur eine Tarnung. Er kam nur nachts rein, nicht nur wegen seiner Allergie gegen Sonnenlicht, sondern auch, weil das die beste Zeit für ihn war, um sich zu nähren. Jede Nacht ein anderer Gefangener in Einzelhaft. Mich besuchte er am häufigsten, da ich mich weigerte, ihre dummen Regeln zu befolgen. Am Anfang war ich hilflos, wenn er sich von mir ernährte. Aber mit der Zeit nahm seine Macht über mich ab. Ich gewöhnte mich an das Gift in seinem Biss. Bei seinem letzten Versuch habe ich nur noch so getan, als stünde ich unter seinem Bann. Du hättest seine Überraschung sehen sollen, als ich den Spieß umdrehte.« Clive grinste, eine groteske Parodie. »In dieser Nacht war ich derjenige, der sich von ihm ernährte. Ich habe seinen sterbenden letzten Tropfen getrunken. Und dann wurde ich zu dem, was er einmal war.« Er ließ seine Reißzähne aufblitzen. »Kannst du erraten, was ich bin?«

»Willst du damit sagen, dass du ein Vampir bist?«, fragte sie skeptisch. Sie hatte sich Vampire immer wesentlich eleganter vorgestellt als diesen miesen Verbrecher, der jegliche mögliche Attraktivität verloren hatte.

»Höchstpersönlich. Und jetzt habe ich meine Königin. Zusammen werden wir die Nacht von unserem Palast aus regieren.« Er streckte einen Arm aus, als wäre dies ein wahr gewordener Traum.

Jemand musste sie vor dem Vampir retten, der völlig durchgedreht war.

»Ich muss leider passen. Aber danke für das Angebot.« Sie begann, in eine Richtung zu gehen, egal in welche, nur um von seiner Aussage aufgehalten zu werden.

»Du wirst mir nicht entkommen, und erwarte auch keine Rettung. Wenn Gruff versucht, mich zu holen, wird er das mit seinem Blut bezahlen.«

»Lass Billy aus dem Spiel. Er hat dir nichts getan.«

»Hat er nicht? Dieses verdammte Schwein hat mich hinter Gitter gebracht und dann mein Mädchen gestohlen«, spuckte Clive.

»Er hat nichts gestohlen. Wir haben uns getrennt. Du warst im Knast. Ich bin weitergezogen. Und sieh dich an, jetzt bist du ein freier Mann. Du kannst jede Frau haben, die du willst.« Auch wenn sie jeder Frau raten würde, schnell und weit wegzulaufen.

»Ich will dich.«

Eine erschreckende Antwort. Bevor sie etwas erwidern konnte, wurde sie von einem fernen Heulen aufgeschreckt. Ein Wolf. Könnte es *ihr* Wolf sein? Sie musste Zeit schinden. »Wie hast du mich gefunden?«

»Mit großen Schwierigkeiten. Die ersten Lakaien, die mit Anweisungen aus dem Gefängnis kamen, haben sich nicht an diese gehalten. Die Entfernung macht es schwieriger, sie zu kontrollieren.«

»Lakaien? Bist du so etwas wie ein böser Superschurke? Wann lässt du dir einen Schnurrbart wachsen?«

»Mach dich nicht über mich lustig.« Er ging einen Schritt auf sie zu.

Sie machte einen zurück. »Dann solltest du nicht wie ein Verrückter klingen. Wie viele Leute hast du dazu gebracht, dir zu helfen?« Wie vielen würde sie ausweichen müssen, um zu entkommen?

»Zu viele, um sie noch zählen zu können. Am Anfang war ich nicht sehr gut darin. Aber als ich erst einmal in der Lage war, mich richtig zu nähren und zu sättigen, wurde es viel einfacher.« *Jetzt kann ich einfach in ihre Köpfe schlüpfen und sie nehmen.*

Das Flüstern traf sie hart, denn es kam aus ihrem Kopf!

Ihre Augen weiteten sich. »Bleib aus meinen Gedanken raus.«

»Nein.« Er zögerte nicht einmal. *Ich habe nicht all die Jahre auf dich gewartet, damit du dich zierst.*

Er berührte sie nicht einmal, und trotzdem kribbelte ihre Haut. »Du hast immer noch nicht gesagt, wie du mich gefunden hast.«

»Durch Zufall. Da ich mich an Gruff rächen wollte, schickte ich meine Lakaien aus, um ihn zu suchen. Du warst zufällig auf einigen der Bilder zu sehen, die sie während ihrer Überwachung gemacht haben.«

Das Spionieren beunruhigte sie, vor allem weil sie und Billy nur wenige Male zusammen in der Öffentlichkeit gewesen waren. Aber es gab noch ein größeres Problem. »Deine E-Mails haben angefangen, bevor ich Billy kennengelernt habe.«

»Das liegt daran, dass mein Anwalt die E-Mail-Adresse gefunden hat, die du benutzt hast, um aktuelle Informationen zum Fall zu erhalten. Ich wusste, dass du dich sorgst.«

Sie wollte sich am liebsten übergeben. Die E-Mail-Adresse war anonym eingerichtet und dann an ihr Hauptkonto weitergeleitet worden. Sie hatte alles getan, um sich von Clive zu trennen. Und er hatte sie trotzdem gefunden.

»Du hast deine Schläger geschickt, um mich zu entführen«, beschuldigte sie ihn.

»Eigentlich hatten meine Lakaien geplant, Gruff zu entführen, also stell dir die Überraschung vor, als er zu einer Hochzeit verfolgt wurde und zufällig du seine Begleitung warst. Da wurde der Plan geändert.«

»Und diese Schläger hatten kein Problem mit deinen Aufträgen?«

»Es waren wohl kaum Aufträge. Sie sind meine Diener. Sie tun, was ich ihnen befehle.«

»Weil du deinen Vampirzauber auf sie anwendest.«

»Sie sind gern bereit zu dienen. Ich werde es dir

zeigen.« Er schnippte mit den Fingern. »Bringt sie zu mir.«

Aus den Schatten in seinem Rücken traten Männer hervor – noch immer in ihren Gefängnisuniformen.

»Ihr habt den Boss gehört«, blaffte der bärtige Mann. »Er will das Mädchen.«

Und Brandy wollte weg von diesem Wahnsinn.

Ein neuer Lichtschein entpuppte sich als jemand, der mit einer weiteren Laterne bei sich die Höhle betrat.

»Boss. Ich glaube, wir haben –«, war alles, was der Mann sagen konnte, bevor er hart niedergeschlagen wurde.

Der Wolf, der dies tat, ging über ihn hinweg und betrat die Höhle. Sein weißes Fell schimmerte, aber nicht so hell wie sein Blick, der gerade auf Clive fixiert war.

»Tötet den Hund!« Clive zeigte auf ihn und seine Lakaien ließen ihre Aufmerksamkeit folgen.

»Das ist kein Hund«, trällerte Brandy. »Begrüßt meinen Freund Billy. Habe ich vergessen zu erwähnen, dass er ein Werwolf ist?«

KAPITEL NEUNZEHN

Als er zu dem verlassenen Wagen zurückkehrte, konnte Billy seine abrupte Verwandlung nicht kontrollieren, genauso wenig wie er seinen Wolf an die Leine nehmen konnte, sobald er sich losgerissen hatte. Kaum hatten seine vier Pfoten den Boden berührt, rannte er los, nur ein Ziel vor Augen: Brandy zu finden.

Er stürmte in den Wald und folgte Brandys Witterung in dem Wissen, dass er nicht weit hinter ihr war. Womit er nicht gerechnet hatte?

Von oben angegriffen zu werden.

Jemand landete auf seinem Rücken, dem Geruch und der Gestalt nach ein Mensch, aber doch anders. Es versuchte, ihn mit seinen flachen Zähnen zu beißen. Sein Fell schützte ihn vor dem erbärmlichen Versuch. Billy stieß die Person von sich und stürzte sich dann auf sie, wobei er darauf achtete, die richtige Art des Tötens mit einem Biss zu demonstrieren.

Die nächste Person verriet sich, indem sie ihre korpulente Gestalt hinter einem Baum versteckte, der sie nicht ganz verdeckte. Sie hatte eine Waffe dabei, was schwierig sein konnte, wenn sie schießen konnte. Als derjenige es schaffte, drei unbeholfene Schüsse abzufeuern, war Billy schon auf ihm.

Noch einer weniger.

Er konnte nicht sagen, wie viele es noch waren, denn die beiden, mit denen er gerade fertig geworden war, waren nicht die, denen er gefolgt war. Schlimmer noch, sie lenkten ihn von seiner Mission ab.

Brandy zu retten.

Er musste zurückgehen, um ihre Fährte zu finden. Auf dem Weg dorthin wurde er von niemand Geringerem als der Büroangestellten selbst angegriffen. Er war so dumm gewesen. Sie hätten nie anhalten sollen. Gleichzeitig hätte er nicht vorhersehen können, wie weit der Einfluss von Clive reichen würde.

Was er nicht verstand? Der unbändige Wunsch dieser Leute, Clive zu helfen. Der Kerl, an den er sich erinnerte, hatte nicht einen Funken Charisma in seinem Körper und sah auch nicht sonderlich gut aus.

Als eine Kugel Billys Rippen streifte, heulte er auf, bevor er sein Fell mit Blut besprizte, als er eine Kehle herausriss. Der Blutrausch ergriff ihn und schürte seine Verärgerung über diese Plagegeister in seinem Weg. Anstatt auf ihren Angriff zu warten, änderte er seine Taktik und ging auf sie los, wobei er sich schnell an sie heranpirschte und sie ausschaltete. Nur einer entkam. Billy ließ ihn absichtlich laufen, folgte ihm und behielt ihn im Auge, während er sich durch den Wald bis zum Fuß eines Berges schlängelte. Der Mann kletterte den felsigen Steilhang hinauf, hielt auf einem Felsvorsprung inne und zündete eine Laterne an, bevor er im Inneren des Berges verschwand.

Billy sprang über Stock und Stein und bewegte sich schnell auf den horizontalen Spalt zu, der mindestens drei Meter hoch und halb so breit war. Als er in den Berg hineinging, schlugen ihm so viele Gerüche entgegen. Fledermauskot. Mäuse. Andere Kreaturen. Sogar ein Bär. Aber über all dem lag Blut, Tod und etwas Unbekanntes. Etwas anderes ...

Sein Wolf sträubte sich gegen den Geruch, aber Billy ging weiter. Brandy war vor Kurzem hier vorbeigekommen.

Ein leises Gemurmel deutete auf Stimmen vor ihm hin, eine davon eindeutig weiblich.

Der Gang verbreiterte sich und vor sich konnte er die Person sehen, die vor ihm eingetreten war, wie in einer Art Türrahmen stand und mit jemandem sprach. »Boss ...«

Billy blendete ihn in dem Moment aus, in dem er einen Blick in die Höhle warf und Brandy sah. Sie stand da, scheinbar unversehrt und wunderschön trotzig.

Er stürzte sich auf den Mann, der ihm im Weg stand, und warf ihn und seine Lampe zu Boden. Die Höhle war hell genug erleuchtet, dass er die seltsame Szene erkennen konnte. Der Mann, der einen zerfetzten Umhang um die Schultern trug. Ein Mann, der Clive sein musste, aber hager aussah.

»Tötet den Hund!« Clive zeigte auf ihn und seine Lakaien ließen ihre Aufmerksamkeit folgen.

»Das ist kein Hund«, trällerte Brandy. »Begrüßt meinen Freund Billy. Habe ich vergessen zu erwähnen, dass er ein Werwolf ist?«

»Das ist mir scheißegal. Worauf wartet ihr noch? Schaltet ihn aus.« Clive zeigte auf Billy.

Drei Schläger kamen näher. Zwei von ihnen erkannte er als Brüder, die an einer Reihe von gewalttätigen Überfällen auf Häuser beteiligt gewesen waren, bei denen die Bewohnerinnen entweder traumatisiert oder tot endeten.

Er spürte überhaupt nichts, als er angriff – geduckt, um dem einen die Beine wegzureißen, bevor er sich drehte und sich auf den anderen stürzte, in einen Oberschenkel biss und auf ein Knacken wartete, bevor er losließ.

Clive brüllte vor Wut. »Verdammte Verlierer. Tut etwas!«

Der dritte Schläger lief stattdessen schreiend davon, die Hände auf den Ohren. »Ich höre nicht zu. La-la-la-la.«

Billy hatte keine Zeit zu begreifen, was zum Teufel das zu bedeuten hatte.

Brandy, mit einem Grinsen auf den Lippen, hoch erhobenen Hauptes und guter Laune, sagte: »Mein Werwolf-Freund wird dir gleich in den Arsch treten.«

Freund?

Clive starrte ihn an und sah leicht amüsiert aus. »Nun, ich will verdammt sein, ein Werwolf. Unerwartet und doch nicht, schätze ich. Immerhin, seht mich an, ein echter Vampir.«

Vampir? Nun, das erklärte den Geruch.

Clives Miene verfinsterte sich, als hätte er es gehört. Hätte Billy einen menschlichen Mund gehabt, hätte er etwas in der Art von *Du bist erledigt* gesagt.

Zu Billys Entsetzen bekam er eine Antwort.

Wir haben noch nicht einmal angefangen, Hund. Die Stimme in seinem Kopf veranlasste ihn dazu, ihn wild zu schütteln, als könnte er sie loswerden.

»Billy?« Er konnte Brandy hören.

Er konnte auch das heimtückische Flüstern hören. *Lauf und spring von diesem Berg. Flieg.*

Billy kämpfte gegen den Zwang an.

Hast du Lust, deine eigenen Pfoten abzubeißen?

Er würde zweifelsohne lecker schmecken, aber er blieb standhaft.

Anstatt abzuwarten, ob die mentalen Angriffe funktionieren würden, rannte Billy auf vier Beinen auf den Mistkerl zu, bereit, Clive die Kehle herauszureißen. Als er nahe genug war, um die Belustigung in Clives dunklem Blick zu sehen, rief die Stimme *Stopp*.

Billy stolperte und landete mit der Nase voran. Er erholte sich schnell und warf sich gegen Clives Beine, sodass er ihn umstieß.

Die Stimme in seinem Kopf schrie: *Kämpfe nicht.*

Als ob.

Er schnappte nach Clive und verfehlte nur knapp

die Hände, mit denen er herumfuchtelte, um ihn von den weichen, empfindlichen Stellen fernzuhalten. Plötzlich gelang es ihm, seine Zähne in einer Hand zu versenken, was Clive quietschen ließ.

Das sollte nicht passieren.

Billy bedauerte es ebenfalls, denn das Blut schmeckte beschissen.

»Das hättest du nicht tun sollen«, stöhnte Clive, dessen Körper plötzlich heiß brannte und bebte.

Als er anfing, sich unter ihm zu verwandeln, warf Billy sich zur Seite. Clive wurde von einem aufgedunsenen Vampir zu einer abscheulichen Fledermaus.

Die Kreatur drehte sich zu ihm um, ihre Augen nicht länger dunkle Schlitze, sondern rote, feurige Gruben. Sie zischte und stürzte sich auf ihn, schnell und präzise, als wüsste sie, in welche Richtung er tauchen würde. Die Clive-Fledermaus traf Billy hart und schickte sie beide zu Boden, wo sie in der schleimigen Fledermausscheiße ausrutschten. Ekelhaft.

Er schüttelte die Fledermaus ab und erhob sich knurrend auf vier Füße. Er hatte kaum Zeit, sich zu wappnen, da war die Fledermaus schon auf ihm, schlug mit ihren Klauen zu und versuchte, ihn mit ihren Zähnen zu beißen. Ein Kratzer auf seinem Rücken brannte und ließ ihn aufheulen.

Brandy schrie: »Lass ihn in Ruhe.«

Warum lief sie nicht weg?

Billy mochte den Kampf selbstsicher begonnen habe, aber da hatte er gedacht, er hätte es mit einem

Mann zu tun. Gegen einen Vampir, der seine Gedanken las und seine Schritte voraussah ...

Der nächste rasiermesserscharfe Hieb brannte mit noch größerer Kälte. Billy ging schwer atmend zu Boden, als Clive neben ihm kniete.

Die Vampirfledermaus fauchte und zeigte ihre Reißzähne, von denen Billy nicht bezweifelte, dass die Kreatur ihn damit aussaugen würde.

Seine Augen weiteten sich, als das scharfe Ende eines Stocks Clives Brust durchbohrte.

Die Fledermaus schnappte nach Luft, stürzte von Billy weg und schaffte es kaum noch, ein paar Schritte zu kriechen, bevor sie zusammenbrach.

Plötzlich landete Brandy neben Billy auf den Knien und legte seinen Kopf in ihren Schoß. »Billy! Sprich mit mir.«

Er riss ein Auge auf und brachte ein sehr unwölfisches »Wuff« heraus.

»Baby.« Sie umarmte ihn fest. »Ich hatte solche Angst um dich. Ich wäre am Boden zerstört gewesen, den Mann, den ich liebe, vor meinen Augen sterben zu sehen.«

Den Mann, den sie liebte.

Der Schock darüber setzte seine Verwandlung in Gang, und Brandy schaute eher fasziniert als entsetzt, als er den Schalter umlegte.

»Baby«, war das Erste, was er sagte.

»Oh, Billy.« Sie seufzte seinen Namen. Sie beugte sich hinunter, als wollte sie ihn küssen, als sie es hörten.

Ein raschelndes Geräusch. Als er es schaffte, den Hals zu recken, um hinter sie zu blicken, war die Clive-Fledermaus schon auf der Flucht.

»Wir dürfen ihn nicht entkommen lassen.« Billy vergaß seine Wunden, sprang auf und lief hinter Clive her, ohne zu wissen, was er tun würde, wenn er ihn einholte. Zwei Fäuste und ein hängender Schwanz waren nicht gerade tödliche Waffen gegen etwas mit Reißzähnen und scharfen Krallen. Man musste nur seinen schmerzenden Rücken mit den brennenden Striemen fragen.

Als er den Eingang der Felsspalte erreichte, sah er gerade noch rechtzeitig, wie die Clive-Fledermaus in die Luft sprang und mit den Flügeln schlug, während sie eine letzte mentale Botschaft schickte.

Ich komme wieder.

Es war fast schockierend, dass die Worte nicht mit einem Schwarzenegger-Akzent gesprochen wurden.

Brandy kam im Laufschritt aus der Höhle und schrie: »Irgendetwas hat die Fledermäuse verärgert!«

In der Tat konnte er das Flattern ihrer ledernen Flügel hören. Er hatte gerade noch genügend Zeit, sie an den Rand der Felsspalte zu stoßen, bevor die Fledermäuse auftauchten und eine Wolke von ihnen hektisch in alle Richtungen flatterte, bevor sie sich zu einem Schwarm zusammenschlossen.

Sie hüllten Clive ein und verhedderten sich in seinen Flügeln, eine Wolke aus winzigen Körpern, die ihn überwältigte. Clive stürzte mit flatternden Flügeln herab, wobei er in seinem Kopf schrie: *Rettet mich!*

Der Druck in Billys Kopf ließ in dem Moment nach, in dem Clive auf der Spitze eines toten Baumes aufschlug und von dem Holz aufgespießt wurde.

»Glaubst du, dass er diesmal tot ist?«, fragte Brandy, die auf ihrer Unterlippe kaute.

»Ich weiß es nicht. Aber ich sage, wir warten hier ein bisschen, nur für den Fall.« Besser der Feind, den sie kommen sehen konnten, als der, der sich auf einen Hinterhalt vorbereitete.

»Du brauchst Kleidung und Verbände.« Bevor er Brandy aufhalten konnte, eilte sie zurück in die Höhle und kam mit einem Arm voll ausrangierter Kleidungsstücke von dem Haufen wieder heraus, auf dem sie gelegen hatte – und der am wenigsten Fledermausscheiße an sich hatte.

Trotz seiner Beteuerung, dass er wieder in Ordnung kommen würde, bestand sie darauf, seine Kratzer zu untersuchen, wobei sie sich über die Tatsache ärgerte, dass sie sie nicht richtig reinigen konnte. »Was ist, wenn diese Fledermäuse Tollwut hatten?«, rief sie aus.

»Das Schlimmste, was passieren kann, ist eine kurzzeitige Infektion.« Denn seine Lykaner-Gene machten ihn zäh.

Sie saßen nebeneinander auf dem Felsvorsprung und wachten über Clives Leiche, während die Nacht in die Morgendämmerung überging. Die ersten Sonnenstrahlen lösten in der riesigen Clive-Fledermaus einen chemischen Prozess aus, der sie gleichzeitig anwiderte und faszinierte.

»Er schmilzt.« Brandy vollzog eine gebührende Imitation der Hexe aus *Der Zauberer von Oz*. Eine Frau, die trotz allem, was passiert war, ihren guten Sinn für Humor bewahrt hatte.

Er platzte heraus: »Ich liebe dich.«

Ihre besserwisserische Antwort? »Ich weiß.«

EPILOG

Die Cousins vom Land kamen kurz nach dem Morgengrauen zur Hilfe. Anscheinend hatte Ulric sie um Unterstützung gebeten, da sie am nächsten waren.

Die Cousins – die mit Billy nicht blutsverwandt waren, es sei denn, die Lykaner-Sache zählte – kümmerten sich um die Leichen und die vielen verlassenen Fahrzeuge, die entlang der Straßen in diesem Teil des Waldes verteilt waren. Sie planten, alles verschwinden zu lassen.

Billy trug die protestierende Brandy zurück zu seinem Geländewagen und fuhr sie zum Motel, wo sie ordentlich duschen und ihre Sachen wegpacken konnten.

Als es an der Zeit war aufzubrechen, bot einer der Cousins an, Brandys Mietwagen zurück in die Stadt zu bringen, damit sie sich ein Fahrzeug teilen konnten.

Es erwies sich als eine gefährliche Entscheidung.

Brandy blies ihm während der Fahrt einen, mit nur einer Ermahnung. »Bau keinen Unfall.«

Schließlich hielt er an und zeigte ihr, warum er seinen übergroßen Geländewagen liebte, indem er die Rücksitze umklappte. Sie zog sich in dem Moment aus, in dem sie merkte, dass er ihnen ein Bett gemacht hatte. Er gesellte sich zu ihr und küsste sie, als hätte er sie nicht schon in der Dusche bereits zweimal geliebt. Dieses Mal ging es nur um das Vergnügen und nicht die Erleichterung, dass sie beide überlebt hatten.

Er glitt in sie hinein und stöhnte, als er ihre exquisite Enge spürte. Die Perfektion. Ihre Hüften wippten unter ihm. Ihr leises Keuchen spornte ihn an. Gemeinsam kamen sie zum Höhepunkt, ihr Orgasmus herrlich laut.

Während ihn die Lust übermannte, biss er sie an der gleichen Stelle wie zuvor, nur dass er es diesmal ganz bewusst tat und murmelte: »Meine Gefährtin.«

Und er hätte nicht glücklicher sein können. Denn Brandy hatte ihm beigebracht, dass seine Eltern gewonnen hatten, indem er allein und unglücklich gewesen war. Nur wenn er sich erlaubte, glücklich zu sein, konnte er den Kreislauf von Gewalt und Elend durchbrechen.

Als sie wieder in der Stadt waren, ging er deshalb zu einem Therapeuten, und als er sich bereit fühlte, überreichte er Brandy den Schlüssel zu seiner Wohnung, wobei er einfach sagte: »Ich liebe dich. Zieh bei mir ein.«

Brandy prustete. »Alter, ich war seit zehn Tagen nicht mehr zu Hause. In deinem Bad liegen Tampons.«

»Das ist also ein Ja?«, brummte er.

Sie lächelte. »Du wirst mich nicht mehr los, selbst wenn du es versuchst.«

Gut, denn er hatte schon einen Ring im Auge und hoffte, sie nächstes Jahr um diese Zeit seine Frau nennen zu können.

ULRICS NEUES KÄTZCHEN erkundete seinen Haarschopf, eine Quelle der Faszination für das kleine Wesen. Schuld daran war Brandy. Als sie zurückkam und die Rückgabe ihrer Katze verlangte, stellte er fest, dass er das Tier vermisste. Daher die plötzliche Adoption.

Sie war zwar kein Ersatz für die Liebe, aber sie würde helfen, das einsame Loch zu füllen, während Ulric weiter nach der richtigen Frau suchte. Und er hatte es versucht. Er ging mit allen möglichen Frauen aus, um *die Eine* zu finden.

Leider wog die einzige weibliche Muschi, die sich für ihn interessierte, zwei Kilo und hatte sich beim Schnüffeln an seinem Bart darin verheddert. So richtig verheddert. Pfoten, Krallen, das arme Kätzchen schien ziemlich gefangen. Nicht dass sie in Panik geriet. Das Kätzchen schlief ein. Ulric lief los, um Hilfe zu suchen.

Da er sich nicht mit der Belustigung seiner Rudelbrüder auseinandersetzen oder seine kleine Prinzessin bei dem Versuch, sie zu befreien, verletzen wollte, beschloss er, den Tierarzt um die Ecke aufzusuchen, der donnerstags bis zwanzig Uhr geöffnet hatte, was ein Glück für ihn war.

Weniger ideal?

Die absolut umwerfende Frau, die einen Blick auf ihn warf und lachte.

Ulric war nicht in der Stimmung für Leichtsinn. Denn als er Dr. Iris anstarrte, traf es ihn wie ein Blitz.

Ich habe sie gefunden. Die Eine.

Und natürlich trug sie einen Ehering.

Machen Sie sich bereit für »Honeys Werwolf«, das nächste Buch aus der Reihe »Die Großstadt-Lykaner«.

www.ingramcontent.com/pod-product-compliance
Lightning Source LLC
LaVergne TN
LVHW031538060526
838200LV00056B/4546